Jacobus

Jacobus
Willem Krog

Protea Boekhuis
Pretoria
2011

Jacobus
Willem Krog

Eerste uitgawe, eerste druk: Protea Boekhuis, 2011
Posbus 35110, Menlopark 0102
Burnettstraat 1067, Hatfield, Pretoria
Minnistraat 8, Clydesdale, Pretoria
protea@intekom.co.za
www.proteaboekhuis.com

Redakteur: Martjie Bosman
Bandontwerp: Hanli Deysel
Voorplatfoto: Hanli Deysel
Agterplatfoto: Gerry Pelser
Bladuitleg en ontwerp: Ada Radford
Tipografie: Geset in 10.5 op 13 pt Arrus BT
Gedruk en gebind deur Creda Communications, Kaapstad

© 2011, W. Krog

ISBN 978-1-86919-440-6

Alle regte voorbehou. Geen gedeelte van hierdie boek mag sonder skriftelike verlof van die uitgewer gereproduseer of in enige vorm of deur enige elektroniese of meganiese middel weergegee word nie, hetsy deur fotokopiëring, skyf- of bandopname, of deur enige ander stelsel vir inligtingsbewaring of -ontsluiting.

Jacobus

Die naam Jacobus is die latinisering van die Griekse vorm van die Bybelse naam Jacob. Die Griekse naam was *Ιακωβος (Iakobos)* en dit kom van die Hebreeus *Yakoov* wat afgelei is van die woord *akev* wat hakskeen beteken. Talle Afrikaanse mans dra die naam. Dit word dikwels verkort na Jaco, Jacob, Koos, Kobus of Kosie. In Engels is die naam James en in Frans Jacques. In die Joodse tradisie word die naam Jacob nog gebruik. Daar is ook vanne soos Jacobs en Jacobson.

Inhoud

Die Baron & Grill, 18:20	9
Die latvang	12
Die Baron & Grill, 19:30	20
Aanneming	23
Die Baron & Grill, 20:30	38
Die aanslag	40
Die Baron & Grill, 21:30	52
Kosie Gericke	55
Kobus Odendaal	82
Koos Havenga	105
Die Baron & Grill, 22:00	119
Die bemarker	122
Die Baron & Grill, 23:00	145
Skuldig	149
Erkennings	164

Die Baron & Grill, 18:20

Jaco Malan hou voor die Baron & Grill stil en kyk op sy horlosie. Dit is Donderdagmiddag twintig oor ses en hy is laat vir die mannebyeenkoms wat gereeld op die laaste Donderdag van elke maand plaasvind. Die groep mans ruil hoofsaaklik sakeinligting uit, maar soos die aand en die voggies vorder, word persoonlike probleme ook bespreek. Hulle is almal in hul dertigs of veertigs; die meeste is getroud en het kinders.

"Jaco, jy's laat, jy koop!" skree Gys ritmies bo die lawaai in die restaurant uit. 'n Gelag klink op. Hy is gewoonlik vroeër as die res daar en Jaco kan sien hy het al lekker gekuier.

"Ag, Gys, julle ouditeure laat alles oor geld gaan," sê Johan Gerber. 'n Kelnerin verskyn langs hom. "Double Jack Daniel's and milk please, no ice," plaas Johan namens Jaco die bestelling. Die kelnerin knik en verdwyn.

"*Boys*, vanaand kom hier moeilikheid. Jaco is op die tiermelk." Gys lig sy glas op en knipoog vir Jaco.

"Wag nou, *boys*, ek wil eers iets by Bert hoor wat almal mag interesseer," kom dit van Martinus. Die groep word stiller en kyk vir Bert.

"Werk die Viagra?"

Die ander bars uit van die lag. By 'n vorige geleentheid het Bert gebieg dat hy potensieprobleme ondervind en dat hy Viagra gekoop het, maar dit nog nie gebruik het nie.

Bert teug aan sy bier en wag dat die gelag bedaar en dit stil word.

"Dit werk," sê hy en daar gaan weer 'n gelag op. "Lag maar, kêrels, julle gaan ook daar kom." Die ouer mans in die groep word merkbaar stiller.

"Daar is 'n nuwe drankie wat ons moet probeer. Waar is die *waiter*?" Gys kyk in die rigting van die kombuis. "Dit is 'n Handgranaat," kondig hy aan asof dit 'n geheim is.

"Nee, Gys, agge nee!" Stefan, die jongste in die groep, lyk verontwaardig. "Dit is wat die kinders drink." Stefan probeer altyd ouer voorkom as wat hy werklik is. Hy is ook die enigste een wat 'n das aanhet.

"Voor jy verder mag praat, Stefan, moet jy eers jou das afhaal," kom dit van Theuns. Stefan haal sy das gedweë af.

"Die Handgranaat, kêrels, is net vir die dapperes onder ons," gaan Gys op 'n dramatiese toon voort.

"Ja, Gys, ons weet dit is Jägermeister, tequila en Red Bull," sê Martinus ongeduldig.

"Jaco, jy het nog nie 'n woord gesê nie," maak Johan 'n bydrae.

"Ja, Jaco, nog 'n duwweltjie vir jou." Gys probeer Jaco aan die gang kry.

Almal kyk na Jaco. Hy haal 'n sigaret uit sy bosak en steek dit aan.

"Ek gaan emigreer," sê hy nadat hy aan die sigaret gesuig het.

'n Stilte sak om die tafel neer. Jaco blaas 'n lang, dun walm rook deur sy lippe. Sy oë is stip op die asbak voor hom.

"Jy praat sommer twak, man!" Gys klink nugterder.

Jaco skud sy kop.

"Hoekom?" Theuns voel dat hy die gesprek verder moet voer.

Jaco skud sy kop afgemete. "*Boys*, ons tyd hier is op." Hy kyk na die gesigte om die tafel.

◎ ◎ ◎

Jaco loop oor die plaaswerf. Dit is die laaste keer, weet hy. Van die swemdam, die wilgerboom en die moerbeiboom af dwaal sy oë na die spruit en die wuiwende rooigras. Die wilgerbome van sy kleintyd is dood en die leë takke staan roerloos soos voëlverskrikkers terwyl net die windpomp se wiel stadig draai. Vir 'n oomblik weerkaats die spruitwater in die son. Hoewel hy nie sy pa se graf in die lang gras kan sien nie, weet hy waar dit is. Hy hoop vir 'n teken, maar die gras wuif net ligweg heen en weer. Sy ma staan voor die motor vir hom en wag. Haar skouers is al krom van die ouderdom, maar haar oë is nog helder. Sy kyk na hom en glimlag haar kenmerkende glimlag.

"Kom ek om, o, so kom ek om," sê sy en steek haar arms na Jaco uit.

◎ ◎ ◎

Die latvang

Jaco en Mapetla gly op die gras langs die spruit se wal af. Hulle trek hulle klere uit en duik in die kuil in. Die koel donker water golf uit in konsentriese kringe wat teen die kant doodloop. Mapetla se kop kom eerste bokant die water uit. Hy vryf die water uit sy oë. Jaco probeer so lank as hy kan onder die water bly en kom stadig boontoe. Toe hy sy oë oopmaak, is Mapetla langs hom.

"Laaste aan die oorkant moet Manko melk!" skree Jaco en die twee seuns begin vinnig na die oorkantste wal van die kuil swem.

Jaco gaan sit op die warm gebakte klipplaat. Die wilgerbome se weerkaatsing in die water kom stadig in fokus soos die golfies bedaar.

Mapetla kom langs hom sit. "Ek is nie lus vir skool môre nie."

Dit is die laaste dag van die Desembervakansie en die swart plaasskool begin môre. Die wit dorpskool begin eers oormôre en dit gee Jaco 'n ekstra dag hier op die plaas by die Steyns. As oom Maans en tannie Estelle self kinders gehad het, wonder hy, sou hulle hom dan ook omtrent elke vakansie plaas toe genooi het?

Mapetla se gedagtes bly besig met meneer Legoepo, die onderwyser wat sommer vir al vier en sestig kinders in al die standerds skoolhou. "Legoepo gaan ons weer net so donner soos laas jaar, Jaco."

"Ek sal môre saamgaan," bied Jaco aan.

"Ja, asseblief. Legoepo is nie so kwaai as jy daar is nie," smeek Mapetla amper. Hy staan op. Sy kaal lyf is donkerbruin en dit blink in die son. "Ek is honger," kondig hy aan terwyl hy oor sy maag vryf.

"Ag nee, Petsie! Ons het dan netnou geëet," lag Jaco. Mapetla glimlag effens. "Ja, maar daai kos van jou maak my gou weer honger."

"Kom ons stel 'n latvang, dan braai ons die voëltjies."

Mapetla knik instemmend.

"Kry jy die lyn en 'n tjoep in die stoor," beveel Jaco terwyl hulle deur die veld stap terug werf toe. "Ek sal die spykers en draad by die huis gaan haal, dan kry ons mekaar by die stal."

Mapetla hou die binneband vas terwyl Jaco met sy oë meet.

"Omtrent so lank?" Jaco loer na Mapetla. Hy knik.

Jaco sny twee ewe lang repe uit die binneband terwyl Mapetla een stuk draad in dieselfde lengte as die twee rekke knip. Jaco hou die rek vas terwyl Mapetla met die tang die rekke aan weerskante van die stuk draad vasmaak.

Jaco bekyk hulle handewerk. "Dit lyk stewig. Kom ons gaan stel dit." Hy beduie in die rigting van die veld terwyl hy die drie sesduimspykers optel.

Hulle begin stap in die rigting van twee wag-'n-bietjiestruike. "Bring die lyn. Ek hoop jy het die meel onthou."

Mapetla knik en tik op sy broeksak waar Jaco 'n bultjie sien. By die wag-'n-bietjie-struike tree hulle omtrent dertig treë in die veld af. Hulle kap die drie spykers in 'n driehoek in die grond. Die stukke rek word elk aan 'n spyker vasgemaak terwyl die draad aan die derde spyker gehaak word sodat die spykers en rekke saam 'n V vorm. Jaco laat die draad oor die spyker los en die rekke ruk die draad vorentoe.

"Hy werk mooi," knik Mapetla.

Die draad word weer oor die derde spyker gesit. Lyn word aan die draad vasgemaak en uitgerol tot in die wag-'n-bietjiestruik sodat die draad oor 'n afstand oor die spyker getrek kan word. Jaco strooi die meel in die middel van die driehoek om die voëls te lok. Hulle gaan lê langs mekaar agter die wag-'n-bietjie-struike. Nou moet hulle wag totdat die voëls kom. Mapetla pluk van die wag-'n-bietjie-bos se bessies en gee vir Jaco ook om te eet.

"Het jy al 'n kaal vrou gesien?" vra Mapetla nadat hy die pit van 'n bessie uitgespoeg het.

"Nee." Jaco is baie bewus daarvan dat sy kennis van die seksuele ver afsteek by Mapetla s'n. "Ek het al 'n vrou se bors gesien," voeg hy by in 'n poging om sy onkunde weg te steek.

Mapetla lag 'n sagte kuglaggie. "Ek praat nie daarvan nie," maar hy brei nie uit nie.

Die eerste voël begin in die lug draai. Dis 'n spreeu wat 'n entjie van die latvang af gaan sit en nuuskierig om hom kyk. Die twee seuns hou asem op. Na 'n rukkie wip die spreeu nader en begin aan die meel pik.

"Nou waarvan praat jy dan?" wil Jaco weet terwyl hy in die lug kyk om te sien of daar nog voëls aankom.

Mapetla speel met die lyn wat tussen hulle lê en kyk stip na sy vingers. Hy draai die tou stadig tussen sy vingers rond voor hy antwoord. "Ek praat van regtig kaal," sê hy stadig.

'n Tweede spreeu kom sit by die meel en begin pik.

"Soos tussen haar bene?"

Mapetla knik.

Jaco bly 'n rukkie stil asof hy dit wil oordink. Toe skud hy sy kop. "Nee," sê hy half ingedagte, so asof hy nog dink dat hy dit dalk al gesien het, maar net nie nou seker is nie. Hy draai sy kop na Mapetla. "Het jy al?" vra hy dan.

Mapetla knik. Hy rek sy nek om oor die struik te kyk. "Daar is al genoeg voëls," sê hy.

Jaco rek ook sy nek. "Dit is net spreeus. Kom ons wag vir 'n paar duiwe ook."

Mapetla skud sy kop. "Die duiwe sal nie kom as daar so baie spreeus is nie."

"Ag, nonsens!" kap Jaco terug. "Ek en jy het al spreeus en duiwe in een latvang gekry." Mapetla antwoord nie. Na 'n rukkie vra Jaco: "Hoe lyk dit?"

Mapetla rek weer sy nek en kyk oor die struik. "Ek dink ons kan maar trek."

"Nee, man," is Jaco vinnig by. "Ek praat van 'n vrou."

"Nee, jy sal maar self moet sien," antwoord Mapetla en met dié ruk hy die lyn sodat die latvang afgaan. Hulle spring op en hardloop soontoe. Daar lê 'n hele paar voëls dood, maar twee is nog lewendig. Mapetla en Jaco vang elkeen een en met 'n vinnige ruk word die twee koppies afgeruk. Dan hurk hulle en tel die voëls wat lê. Daar is nege.

By die spruit gaan sit hulle onder die wilgerbome waar hulle al so baie voëls gebraai het. Hulle trek eers die voël se vere af en dan haal hulle die binnegoed uit. 'n Stokkie word dan deur die lyf gedruk om as 'n spit te dien.

"Ons het al weer nie sout gebring nie," merk Jaco op, maar Mapetla is besig om die rek aan sy kettie te verstel. Hy gee dit 'n paar trekke en sit 'n klip in die velletjie. Hy staan op en wag. 'n Duif kom verbygevlieg. Mapetla mik en skiet. Die klip trek verbasend naby aan die duif verby. Hy knik goedkeurend en hang die kettie weer om sy nek.

Die vuur knetter wanneer die vog uit die voëls daarop drup. Na 'n rukkie haal hulle die voëls af en begin eet. Nadat hulle in die spruit hande gewas het, kyk Mapetla na die son wat al naby aan die horison sit. Hy meet die afstand met sy oë.

"Ons moet gaan melk," sê hy terwyl hy sy hande aan sy hare afdroog.

Hendrik, Mapetla se pa, is die hoofbeeswagter op die plaas en dit is sy werk om die koeie te melk. Hy maak egter seker dat sy seuns beurte maak om te melk terwyl hy op 'n klip sit en rook. Jaco help gedurende die vakansies wanneer dit Mapetla se beurt is.

Daar is ses jerseykoeie wat gemelk moet word. Hulle word met 'n spantou om die agterste bene aan die krip in die stal vasgemaak. Dit keer dat die koei die emmer omskop. Dis eintlik nie te moeilik om te melk nie, behalwe wanneer 'n koei kleinerige spene het. Van hierdie ses jerseys is Manko se spene die kleinste en derhalwe is sy die moeilikste om te melk.

Jaco vat van die Dubbin wat in 'n emmertjie van die dak of hang en smeer die naaste koei se spene. Hy sit die emmer tussen die koei se bene, gaan sit op 'n leë verfblik en begin melk. Eers die twee voorste spene en dan die agterste twee.

Die spene word ritmies tussen die wys- en middelvinger getrek en die duim forseer die laaste melk uit die speen. Toe hy klaar gemelk het, gooi hy die melk deur 'n melkdoek in die bak wat bo-op die roomafskeier staan.

Mapetla gooi sy eerste emmer ook in en gaan melk verder. Jaco begin die slinger draai en die komme van die roomafskeier draai in die rondte. Hy kyk hoe die room van die melk geskei word sodat room en melk in afsonderlike emmers val. Skielik hoor hy 'n lawaai en kyk om. Hendrik slaan Mapetla met 'n waaierband oor die rug terwyl Mapetla probeer om weg te kom. Jaco sien dadelik wat die moeilikheid is: Die emmer onder Manko het omgeval en melk lê in 'n poel op die vloer. Mapetla slaag daarin om Hendrik te ontwyk, maar sy hemp is stukkend waar die eerste houe hom getref het. Gelukkig blaas Hendrik die aftog nadat hy 'n paar swetswoorde geuiter het.

Toe Mapetla klaar gemelk het, stap hulle twee in die paadjie af, elkeen met twee emmers in die hand.

Waar die paadjie vurk, gaan staan hulle. Jaco kyk na Mapetla en sien dat hy nog woedend is oor die slae wat hy gekry het. Daar is 'n effens ongemaklike stilte. Wat kan hy nou eintlik oor 'n ander man se onregverdige pa sê?

"Ek sien jou môre voor skool," sê Jaco eindelik maar.

Mapetla knik net voor hy verder stap.

Die volgende oggend is Jaco vroeg by die statte. Mapetla eet nog. Hy sit op sy hurke in die son voor sy grondhuisie. Eenkant staan 'n grasdakrondawel waarin die vrouens kook.

Jaco gaan sit by hom. "Kan ek ook pap kry?" Mapetla knik en Jaco gaan haal 'n blikbord. In die rondawel is 'n vuurkonka met 'n klein ysterdriepootpot waarin die pap is. Hy skep in. "Waar is die melk?"

Mapetla antwoord nie. Hy kyk net voor hom uit. Jaco sien dat hy ook nie melk by sy pap het nie. Mapetla kyk na hom en kyk weer weg. Toe onthou Jaco. Die melk wat omgeskop is, was hulle melk. Jaco voel skuldig toe hy dink aan die melk wat hy vanoggend vir die honde uitgegooi het.

Mapetla vee sy papbord uit en gaan sit dit in die huis.

"Kom ons gaan." Hy het nou drie boeke in sy een hand en 'n pen en potlood in die ander.

Die skool is so tweehonderd meter weg en daar is al 'n string kinders op pad. Meneer Legoepo se motor is alreeds daar.

Al die kinders gaan in en Jaco groet meneer Legoepo met 'n knik van die kop.

Die onderwyser het 'n Bybel oop en begin in Sotho lees. Nadat hy gebid het, val hy weg met "Lerato la Jesu la makatsa"[1] en die kinders sing saam. Hy gee 'n opdrag aan die groter kinders en stap na die kleintjies wat aan die verste kant teen die muur sit. Elkeen het 'n griffie en 'n lei op die skoot. Hy skryf die vyf klinkers op die bord neer en begin dan in Afrikaans singpraat: "Aaa, eeee, iiii, oooo, uuuu," totdat almal die rympie met hom saamsing. Daarna vee hy die klinkers uit en skryf vyf somme op die bord.

$1 + 1 =$
$1 + 2 =$
$1 + 3 =$
$1 + 4 =$

Die kleintjies moet dit nou neerskryf en antwoord, beveel hy en stap na die volgende groep.

Jaco besluit om die kleintjies te help en probeer die somme verduidelik.

Skielik hoor hy 'n groot rumoer agter hom losbars. Hy kyk verskrik om. Meneer Legoepo het 'n sweep in sy hand waarmee hy die kinders links en regs slaan.

Jaco hardloop nader. Mapetla spring op. Legoepo is reg voor hom. Die sweep swiep deur die lug en tref Mapetla vol in die gesig. Die plek begin dadelik swel. Die sweep swiep weer. Hierdie keer probeer Mapetla dit met sy arm keer, maar die omkrul van die voorslag tref hom teen die oor en die bloed begin dadelik uitsypel.

"Stop dit!" skreeu Jaco terwyl hy nader hardloop. Hy steek vas.

---

1 Die liefde van Jesus is wonderbaar

Legoepo het omgedraai en gluur hom aan, die sweep in die lug. "Lekgoa, tsamaia," sis hy deur sy tande en Jaco retireer effens. Met dié tref 'n vuishou van Mapetla die onderwyser agter teen die kop. Hy steier effens vorentoe, maar draai vinnig om, gryp Mapetla aan die keel en klap hom deur die gesig dat sy tande op mekaar klap. Dan volg hy dit op met 'n vuishou op die krop van Mapetla se maag. Mapetla gee een groot kreun en sak in mekaar.

Jaco hardloop na Mapetla toe, maar Legoepo gryp hom aan die arm.

"Loop nou! Jy kom maak net moeilikheid as jy hier is." Hy stoot Jaco by die vertrek uit en klap die deur agter hom toe.

Jaco stap 'n entjie weg. Die deur gaan oop en Mapetla kom gebukkend uit. Die bloed stroom oor die kant van sy gesig. Jaco hardloop na hom toe. Binne hoor hy hoe die sweep weer klap en kinders begin gil. Hy sit sy arm om Mapetla se skouer, maar dié skud dit af.

"Loop asseblief nou!" skreeu hy en stamp Jaco weg.

Jaco draai om en hardloop huis toe.

"Ma ... Ma ..." Hy is uitasem.

Sy kom uit die eetkamer waar sy met tannie Estelle sit en gesels het. "Wat is dit?"

"Legoepo is besig om die kinders by die skool uitmekaar te slaan! Ons moet gaan help." Jaco kyk sy ma pleitend aan. "Hy het Mapetla stukkend geslaan dat die bloed loop."

"Kom hier, Jaco." Haar stem is sag. Sy vat hom aan die arm na sy kamer toe. "Jaco, ek weet jy en Mapetla is groot maats, maar jy moet mooi weet, hy is swart en jy is wit. Hulle is anders. Jy meng jou nie met sy probleme in nie en hy meng hom nie met jou probleme in nie. Legoepo doen wat hy dink is reg en ons kan nie by die skool gaan inmeng nie. Dit is nie ons plek nie. Dit is hulle plek. Word nou kalm, toe. Kom, lees 'n bietjie. Ek het vir jou 'n boek saamgebring." Sy gaan haal 'n boek uit haar tas.

Jaco is verslae. "Maar Ma, dit is nie reg nie. Hulle slaan ons nie so by ons skool nie. Hoekom doen hulle dit hier?" Jaco ignoreer die boek wat sy na hom uithou.

"Jaco, my seun, luister na Mamma. Dit het niks met my of jou te doen wat daar by hulle skool gebeur nie. As die onderwyser hulle slaan, dan verdien hulle dit waarskynlik. Jy moet onthou hulle word anders groot as jy. Ons sal hulle in elk geval nooit regtig verstaan nie. Moet jou nou nie daaroor bekommer nie. Toe, lees 'n bietjie hierdie boek. Ek dink jy is nou al groot genoeg om hierdie dinge te weet."

Jaco vat die boek en sy ma stap uit. Hy kyk na die titel. "Wat 'n seun behoort te weet," lees hy hardop.

Die Baron & Grill – 19:30

In die Baron & Grill zoem dit teen hierdie tyd soos in 'n reusebyenes.

"Ag nonsens, man, ons tyd is nie op nie. Suid-Afrika is die beste plek in die wêreld om te bly. Ons het 'n fantastiese demokrasie. Die ekonomie groei goed; ons kan nie voorbly met nuwe beleggings nie." Stefan sit terug in sy stoel.

"Stefan, julle *merchant bankers* is die laaste ouens wat voel wat in die ekonomie aangaan. Daar is probleme op pad." Johan teug aan sy drankie. "Kyk, dit ís so dat dit nie te sleg gaan nie. Maar dit gaan nie so goed soos 'n jaar gelede nie."

"Ons interne ekonome het voorspel dat daar vir 'n kort rukkie 'n afkoeling in die ekonomie gaan wees. Die mense het te veel skuld. Elke tweede ou het nou ook 'n tweede huis, wat hy natuurlik op skuld gekoop het toe die rentekoerse so laag was." Theuns praat in sy formele direkteurstemtoon.

"Dankie vir daardie inset, Theuns," hou Bert hom ook ewe formeel, "maar die huispryse is nog nie genoeg rede om te emigreer nie. Kan ons nou terugkom na daardie emigrasie-storie toe? Ons kan nie stry dat ons langtermynprognose nie goed is nie."

"Ag Bert, *drop* die versekeringsjargon. Prognose is iets wat vir kankerlyers geld." Martinus gooi 'n paar grondboontjies in sy mond.

"Jong, niemand trek net sommer nie. Daar is altyd 'n rede hoekom iemand trek. Die Voortrekkers het getrek omdat hulle gatvol vir die Engelse was," sê Johan.

"Nee, ek stem nie saam nie, Johan. Mense trek party keer net," antwoord Martinus. Johan skud sy kop. "Nou hoekom het die Engelse dan hiernatoe getrek?" kap Martinus terug, "en hoekom het die Xhosas Oos-Kaap toe getrek? Mense trek die hele tyd, man. Van die Israeliete tot die Voortrekkers," gaan Martinus voort.

◎ ◎ ◎

Jaco maak een van die bokse oop wat die verhuisingsmaatskappy kom aflaai het. Wat pak mens in? Hy kyk na die ou foto's wat teen die muur hang. Sy oupagrootjie met 'n lang wit baard. Hy was in die Groot Trek. Jaco was saam met sy pa op die plaas in die Oos-Kaap waarvandaan sy oupagrootjie getrek het. Dit was 'n mooi stuk grond met baie water. Hoekom het hy getrek? Met die uitbreek van die Anglo-Boereoorlog was hy te oud om Ceylon toe gestuur te word. Hy het in die dorp se konsentrasiekamp gebly. Ná die oorlog het hy eerste op die afgebrande plaas aangekom. Hy het dadelik water uit die put gaan skep. Hy het nie geweet dat die Engelse die water vergiftig het nie. 'n Paar dae later is hy alleen op die plaas aan maagkoors dood.

Sy oupa ... Hy was in 1914 voorsitter van die Helpmekaar-vereniging van die distrik. Afrikanerbeesstoetteler en -keurder. Voorsitter van die Nasionale Party-tak op die dorp. Hy was so lief om met sandsteen te bou.

Voor die foto van sy pa gaan Jaco staan. Hy steek sy hand daarna uit en kyk in sy pa se oë. Hy onthou dat sy oë liggroen was. Dit het altyd gelyk of hy oor iets wonder. Jaco vat die foto in albei sy hande vas en laat sy voorkop stadig daarteen sak.

◎ ◎ ◎

Aanneming

"*Swing!*"
 Die bal kom van die losskakel Loffie af na Jaco toe.
 "*Swing!*"
 Jaco gooi die bal na Japie op buitesenter.
 "*Swing!*"
 Japie laat loop na Sias op vleuel.
 "Hoek toe!"
 Sias steek vas en breek binnetoe. Die fluitjie blaas hard.
 "Nie soos 'n bees bondel toe nie, jou bliksem!"
 Dit is die stem van meneer Marius du Plessis, oftewel Dronk Doep, die afrigter van die Hoërskool Brandwag se eerste rugbyspan. Hy drink nie regtig nie, maar het die wasige oë van iemand wat sterk onder die invloed van drank is, vandaar die bynaam. Verder is hy die Rekeningkunde-onderwyser by die skool.
 "Kom hier, Sias!" bulder hy weer.
 Die spelers kom tot stilstand, dankbaar vir die onderbreking. Sias draf na Doep toe.
 "Buk!" Die rottang swiep deur die lug en kom op Sias se boude neer. "Hoek toe beteken hoek toe. As ek jou binnetoe wil laat breek, sal ek jou 'n flank maak. Kom ons probeer weer. Skrum op die middellyn, eerste span gooi in."
 Hulle speel Saterdag die laaste wedstryd van die jaar en dit is die jaarlikse *derby* tussen die enigste twee hoërskole op die dorp. Na 'n rukkie se oefening roep Doep die eerste span bymekaar.
 "Kyk, kêrels, die Spanners se span is hierdie jaar goed. Julle sal moet konsentreer, hoor. Ek het 'n paar swak plekke by hulle opgelet. Die eerste swak punt is Kosie Gericke."

Die spelers kyk Doep vol ongeloof aan. Kosie Gericke is die skrumskakel van die Spanners, hulle kaptein en boonop die kaptein van die streek se Cravenweek-span. Hy is doodgewoon net goed.

"Ja, ek weet julle dink ek praat nonsens. Maar luister nou hier. Hy is die planmaker in daai hele span, want hy het meer verstand as die res van die hele span saam."

Die spelers grinnik. Die Spanners is die ambagskool in die streek.

"Nou ja," gaan Doep voort, "as ons hom neutraliseer, val die hele Spanner-span inmekaar. Nou goed, kêrels, die plan is soos volg: Die eerste keer dat ons die bal kry, skop ons dit uit. Maar aan julle linkerkant – nie na die regterkant nie. Dan kompeteer ons nie in die lynstaan nie, sodat hulle die bal kry. Kosie Gericke moet die duikaangee van die lynstaan af na links doen, want hy kan nie die staanaangee na links doen nie, hy moet die duikaangee doen. Nou ja, dan gebeur die volgende maar net: Jan Botha, jy bars deur die lynstaan en dan val jy toevallig oor Kosie Gericke." Doep maak aanhalingstekens met sy vingers toe hy by die woord "val" kom. "Maar in die proses maak jy seker jy skop hom hier," en Doep wys na sy kortrib. "Die kortrib is 'n beentjie wat maklik breek. En niemand, nie eers Kosie Gericke nie, kan met 'n gebreekte kortrib speel nie."

"Meneer ..." Jaco skud sy kop, "dit is mos nie *fair* nie."

Doep lyk seergemaak. "Jaco, ou seun, wil jy Saterdag wen?"

"Ja, Meneer."

"Nou ja?"

"Maar ek wil wen omdat ons beter is, nie omdat ons hulle beste speler van die veld af skop nie."

"Jaco, Jaco, my ou seun ... Jy is die kaptein van hierdie span. Dink jy ons is beter as hulle?"

"Ja, Meneer."

"En as hulle ons nou Saterdag wen, sal dit *fair* wees?" Jaco skud sy kop. "Nou ja, ons maak maar net seker wat *fair* is gebeur wel Saterdag.

"Nou goed, kêrels, daar is nog 'n swak plek in hulle spel. Dit is die heelagter, Pietman de Wet. Dit sal Saterdag sy derde wedstryd op heelagter wees nadat ons met Norman afgereken het. Die volgende bal wat ons kry, skop jy, Loffie, hoog op De Wet. En jy, Japie, maak hom dan *level* met die gras. Of hy die bal het of nie. Daarna sal hy nie weer 'n bal uit die lug uit vat nie. Dan skop ons net aanmekaar op hom. En Japie, jy, Sias en Dirk pik daai balle op en gaan druk. Callie, jy en die flanke moet ook by wees om die hop of aangee te vat."

Die drie losvoorspelers knik. "Nou ja, kom ons oefen hierdie goed. Die eerstespan-agterspelers, julle gaan speel in die tweede span en andersom. Jan, moet nou asseblief net nie Rodney se rib afskop nie, kyk net of jy by hom kan uitkom. Rodney, duikaangee asseblief, ou seun. Nou ja, kom ons begin met die lynstaan. Tweedespanhaker, gooi in."

Vir die res van die oefening word daar aan taktiek aandag gegee en uiteindelik blaas die fluitjie die laaste keer.

"Nou ja, kêrels, dankie, en ons sien mekaar Saterdag. Jaco, kan jy gou hierheen kom?"

Jaco stap tot by hom.

"Stap saam met my." Hulle stap tot by Doep se Ford Capri onder die boom. Doep stut homself teen die deur. "Ou seun, wat jy daar gesê het oor wen omdat ons beter is, is so. Jy het die regte gesindheid, maar daar is 'n paar ander goed wat jy moet onthou. En ek kan dit vir jóú sê, ek kan dit nie vir die ander sê nie. Jy is 'n skrander seun met goeie insig. Die Spanners het hierdie jaar 'n beter span as ons. As ons gewoonweg teen hulle speel, sal hulle ons wen. Daardie voorspelers van hulle is baie sterker as ons. Hulle werf daai gorillas hier uit die hele Vrystaat uit. Hulle is nie slim nie, maar hulle is so sterk soos die houtjie van die galg."

Jaco wonder waarom hy hierdie idioom so anders gebruik.

"Maar ek rig hierdie span al die afgelope twaalf jaar af. Ek het nog drie jaar oor, dan tree ek af. Ek het niks meer om te bereik in die lewe nie. Hierdie wedstryd is vir my belangrik. Ek beplan hom heeljaar al. Ek wil hom wen. As jy wil wen, moet jy die reëls partykeer 'n bietjie buig. So, asseblief, hou by die taktiek en moet dit nie op die veld verander nie. Ek weet jy het die vermoë om dit te doen, maar asseblief, doen dit vir my. Dit is jou laaste jaar van skoolrugby. Jy kan daarna alles wat jy doen op die *fair* manier doen, maar doen dit nou vir my." Doep sit sy hand op Jaco se skouer.

"Dis reg, Meneer," sê Jaco. Doep laat sy hand sak. "Sien Meneer Saterdag."

Jaco draai om en stap na sy fiets. Hy moet wikkel, want hy het nog katkisasie vanaand. Terwyl hy fietsry, dink hy oor die gesprek met Doep. Hy gaan nie Saterdag vuil speel nie. Jy doen goed nie so nie. Jy doen dit volgens die reëls. As Doep vir sy eie jaarlikse plesier die reëls wil buig, dan wag daar 'n verrassing vir hom. Hy wat Jaco is, gaan nie deelneem aan die aksies van 'n gefrustreerde middeljarige man wat met kleindorpse mentaliteit sy miserabele bestaan wil regverdig nie.

Toe hy by die huis indraai, skuif hy eers die gedagtes oor Doep opsy. Hy het 'n ander probleem en dit is die katkisasie. Hierdie jaar maak hy klaar met sy katkisasie en moet hy aangeneem en voorgestel word. Daardie aflegging voor die gemeente wat sê dat jy Jesus Christus as jou Verlosser aanvaar ... Die probleem is, hy voel nie dat Jesus Christus sy Verlosser is nie. Vir hom is Jesus 'n vorm. Dit is 'n ritueel waardeur mense gaan, maar dit beteken vir niemand iets nie. Die grootste sogenaamde Christene maak die meeste droog. Dan bid hulle verwoed en voel beter. As hulle beter voel, dan dink hulle hulle is Christene. Die eintlike probleem is dat sy pa dominee Kobus Malan is, die dominee van die moedergemeente op die dorp. Sy pa hanteer ook self die finalejaarkatkisante. Hy kan deur die ritueel gaan en ja op al die vrae antwoord en dan is hy aangeneem, 'n lidmaat van die NG Kerk, maar hy weet nie hoe hy ja gaan antwoord as hy nie voel dis reg nie. Die Bybel sê tog jy sal gestraf word as jy lieg.

"Nou ja, seuns en dogters, ons is by die laaste les voor aanneming en dit sal, as dit die Here behaag, nie eerskomende Sondag wees nie, maar die Sondag daarop. Dit is vir my belangrik om met elkeen van julle 'n persoonlike onderhoud te voer." Dominee Malan is aan die woord in die katkisasieklas. "Die aanneming van enige lidmaat is 'n groot gebeurtenis in elke Christen se lewe. Dit is die dag waarop jy die doopbelofte wat jou ouers afgelê het, voltooi en jou eie verbond met God sluit. Die aanneming is dan ook die aflegging van jou belydenis van geloof. Daarin onderneem jy om jy vorige lewe te kruisig en jou nuwe lewe, 'n lewe in Jesus Christus, te onderneem." Hy bly 'n rukkie stil terwyl hy na die kinders kyk. Hy lyk gerus omdat almal se oë op hom gevestig is. "In die persoonlike onderhoud gaan ons hierdie dinge bespreek. Ek stuur 'n lys om met tye daarop en julle moet julle name teenoor die tye invul en stiptelik op daardie tyd by die pastorie aanmeld." Hy staan op en gee die lys aan die kind wat die naaste aan hom sit. "Jaco," sê hy, "ek en jy sal sommer vanaand praat."

'n Paar kinders giggel. "Ja, Pa," antwoord Jaco en sy keel trek toe. So vinnig al. Hy het gehoop hy het nog tyd om die ding 'n bietjie te deurdink. "Ek wil net my huiswerk klaarmaak, Pa," voeg hy vinnig by om meer tyd te koop. Sy pa knik net.

Jaco het sy huiswerk vinnig klaargemaak en sit nou agter sy lessenaar en dink wat hy vir sy pa gaan sê. Hy hoef mos nie nou die belydenis van geloof af te lê nie. Hy kan dit mos doen wanneer hy reg is. Wat van die ander ou wat al oor die 40 was toe sy pa hom belydenis van geloof laat aflê het en hy aangeneem is? Hy staan op en besluit dat die waarheid hom nog altyd goed te staan gekom het. Enige leuen wat hy al ooit vertel het, het meer probleme veroorsaak as wat dit opgelos het. Hy sal sy pa net eenvoudig die waarheid vertel. Hy klop aan die deur van sy pa se studeerkamer.

"Kom in, Jaco," hoor hy.

Hy stap in en gaan sit voor die lessenaar waarop 'n klomp boeke en papiere lê. Sy pa staan op en gaan haal 'n papier uit 'n kassie wat agter sy lessenaar staan.

"Nou ja, Jaco, ek moet die vorm saam met jou voltooi en dis maar eintlik waaroor die persoonlike onderhoud gaan."

Jaco skuif ongemaklik rond. Sy pa gaan sit weer en begin praat sonder om op te kyk.

"Dit is 'n aansoek gerig aan die kerkraad om as lidmaat toegelaat te word. Volle naam: Jacobus Hendrik Malan, geboortedatum, ja-a-a ... en jy het vyf jaar katkisasie gedoen."

Hy sien sy pa vul dit op die vorm in.

"Jou ouers se name: Jacobus Hendrik Malan en Jacoba Malan. Beide ouers is lidmate van die Kerk."

Sy pa praat nog steeds asof hy met homself praat terwyl hy die vorm lees.

"Geskiedenis van aansoeker... Nou ja, kom ons kyk. Laerskool is Laerskool Bastion. Prestasies..." Hy kyk in die lug op. "Hoofseun, kaptein eerste rugbyspan, Sasol Atletiekspan, klavier UNISA graad IV met eervolle vermelding, gemiddelde prestasie bo 80% vir hele laerskoolloopbaan. Lid van die Voortrekkers en lid van die volkspelegroep. Is daar nog iets?" Hy kyk op.

"Dis al," antwoord Jaco.

"Hoërskool. Hoërskool Brandwag. Prestasies: CSV-kringleier, hoofleierswag Voortrekkers, kaptein eerste rugbyspan, wenner van streeksredenaarkompetisie, Vrystaat-atletiekspan, gemiddelde akademiese prestasie van bo 75%. Jy het musiek gelos, nè?"

"Ja, Pa," antwoord Jaco gedweë.

"En volkspele ook?" vra sy pa weer.

Jaco knik net.

"Onderhoofseun. Wat nog?" Hy kyk weer op.

"Is al hierdie goed nodig vir die aanneming, Pa?"

"Ja, ja," antwoord sy pa, maar hy lees alreeds weer. "Nou ja, wat staan hier? Instrukteur se opsomming van katkisant. Jaco Malan is goed aan my bekend en is 'n opregte Afrikanerseun wat goeie meelewing in die werksaamhede van die Kerk toon." Hy praat terwyl hy skryf. "Hy het sy katkisasie met sorg en ywer voltooi en is nou gereed om die belydenis van geloof af te lê." Toe sit hy sy pen neer en kyk op.

Jaco sluk. "Pa..." Jaco se stem is hees. "Ek glo al die goed wat Pa ons geleer het, maar ek voel nie of Jesus 'n verskil maak, nou, op hierdie oomblik nie. Ek voel nog net dieselfde as toe ek die eerste dag sub A toe gegaan het. Ek voel ek is dieselfde mens as toe. Ja, ek is groter en sterker en slimmer, maar ek voel nie dat hierdie jaar se katkisasie my anders gemaak het nie. Of enige jaar van die katkisasie nie, *for that matter*." Jaco sien sy pa se oë effens groter word. Hy lê vorentoe op die lessenaar.

"Kyk, Jaco, jy was bevoorreg om in hierdie huis groot te word waar ons heeldag en aldag met die dinge van God besig is en binne die Woord van God leef. Jy moet nie verward raak en voel dat jy nog 'n verdere stap na aanneming moet doen nie." Dominee Malan het 'n frons op sy voorkop.

"Maar, Pa, die formulier wat Pa met ons behandel het, sê dat ons die ou natuur moet kruisig. Ek voel nie dat ek veel wil verander nie." Jaco begin nou meer ontspan.

"Ja, maar die ou natuur wat jy moet kruisig, is die sondige natuur wat in elke mens is, en dus deel van die oersonde uitmaak." Hy sit sy vingerpunte teen mekaar.

"Hoe kan ek dan iets kruisig as ek nie in beheer daarvan is nie? Oersonde is die sonde wat Adam gepleeg het." Jaco voel hy begin die argumente wen.

"Die oersonde is wel dié wat deur Adam gepleeg is, maar daardie selfde sondige natuur leef in jou voort. Dit is daardie sondige natuur wat jy moet kruisig." Dominee Malan leun verder vorentoe. "Jy wil seker nie vir my sê dat jy nooit sonde doen nie."

"Nee, Pa, maar ek hou by die Tien Gebooie. En dit is maklik om die Gebooie te onderhou, maar ek verstaan nie wat van my natuur ek moet kruisig nie." Jaco sit nou self vorentoe in sy stoel.

"Nou watter ander sonde doen jy dan as jy sê jy hou by die Tien Gebooie?" vra dominee Malan, maar sonder om Jaco die kans te gee om klaar te praat, gaan hy voort: "Dis die Heilige Gees wat elke keer vir jou sê wat jy verkeerd doen. Onthou, die Nuwe Testament sê dat die Gebooie nou op die tafels van jou hart geskryf is. Elke keer wanneer jy sonde doen, sal jy dit in jou hart voel."

"Maar wat moet ek dan kruisig as ek dan net die gevoel in my hart kry? Ek kan nie my hart kruisig nie." Jaco voel hy het sy pa nou in 'n hoek.

"Jy moet aan jou hart werk sodat jy nie verkeerde goed doen nie."

"Ja, maar werk aan jou hart is iets heeltemal anders as om hom te kruisig." Hy voel sy pa het nie meer 'n argument nie.

"Dit is woorde, Jaco. Verander of kruisig – wat maak dit saak?" Dominee Malan begin geïrriteerd klink. "Die belangrikste is dat jy moet verander. As jy jou hart vir Jesus gee, dan sal jou hart vanself verander."

"Maar hoe gee ek dan my hart vir Jesus? Is dít nie die gevoel wat ek moet kry nie, Pa, 'n gevoel dat ek verander het, 'n gevoel dat ek nou anders is? Ek voel dit nie."

"Kyk, kom ons gaan nou rustig deur al die goedjies, dan waarborg ek jou dat jy meer helderheid sal kry."

"Pa, ek ken al die goed. Pa weet ek ken dit. Dit gaan nie nou help om daardeur te gaan nie. Ek verstaan alles wat in die katkisasie geleer is. Die punt hier is, ek het nie daai gevoel in my hart wat sê dat my hart aan Jesus behoort nie." Jaco is gedetermineerd om sy punt deur te voer en hy praat driftig. Dan gooi hy sy troefkaart. "Of wil Pa hê ek moet voor die hele gemeente lieg en ja antwoord as Pa my vra?"

Dominee Malan sit nou letterlik met sy hande in sy hare en sy oë toe. Na 'n rukkie vat hy sy hande van sy kop af weg en kyk op na Jaco.

"Jaco, my seun," begin hy, "dit gaan nie oor 'n gevoel in jou hart nie. Antwoord net die volgende drie vrae opreg en dis al waaroor dit gaan. Glo jy in die Ou en Nuwe Testament? Sal jy in die leer daarvan volhard? Sal jy 'n waardige lid van die Kerk wees?" Hy kyk hoopvol na Jaco.

"As Pa dit so stel, klink dit maklik, maar Pa weet self dit is nie so eenvoudig nie. As dit so maklik was, hoekom is ek nie sommer in standerd vyf aangeneem nie? Ek sou tóé al ja op die drie vrae geantwoord het. Hoekom moes ek deur vyf jaar se katkisasie gaan om op hierdie vrae te antwoord?" Jaco voel nou verseker dat hy reg is.

Sy pa sug weer en kyk na die papiere voor hom op die tafel. "Doen my net een guns, Jaco," sê hy en hy en Jaco meet mekaar. "Dink net wat gaan die gevolge wees as die dominee se seun nie die belydenis van geloof aflê nie."

Hy staan op. Jaco doen dieselfde.

"Pa, ek het gedog dat die waarheid belangriker is as jou status as dominee van die gemeente," antwoord Jaco ysig en hy stap deur toe.

"Nie ter wille van my nie, Jaco, maar ter wille van jouself."

Die woorde laat Jaco momenteel voor die deur stilstaan. Dan maak hy die deur oop en stap na sy kamer toe.

Dit is Saterdag en die eerste span sit in die kleedkamer onder die rugbypaviljoen. Die reuk van Deep Heat hang swaar in die lug en Jaco weet dat elke speler, net soos hy, 'n swerm vlinders in sy maag voel. Die fluitjie blaas hard. Jaco staan op, want dit is die skeidsregter wat blaas om aan te dui dat hy en Kosie Gericke die munt moet opskiet om te bepaal wie afskop en wie watter kant toe speel.

"Nou ja, sterkte, kêrels," is ou Doep se woorde en hy stap voor Jaco uit die kleedkamer in die tonnel af.

"Kop of stert?" vra die skeidsregter vir Kosie Gericke.

"Kop," sê Kosie. Die skeidsregter skiet die muntstuk in die lug op en dit val op die grond. Al drie buk om te kyk waarop dit val. Dit is stert.

Die skeidsregter kyk na Jaco.

"Ons sal van suid na noord speel," sê Jaco. Dit is sodat hulle in die tweede helfte die son agter hulle het.

Kosie Gericke steek sy hand na Jaco uit. "Lekker speel!"

Jaco skud sy hand en draai om kleedkamer toe.

"*Boys*, kom gou bymekaar!" roep hy. "Luister gou. Doep se strategie gaan nie werk nie. Dit is te 'n groot risiko. Jan, as die *ref* sien dat jy iemand skop, stuur hy jou van die veld af en dan het ons net veertien spelers. Selfde met jou, Japie. Ons kan definitief nie wen met dertien spelers op die veld nie." Die spelers kyk Jaco in ongeloof aan.

"Maar ons het omtrent niks anders geoefen nie," antwoord Stefan Nel.

"Nonsens, man! Ons het twaalf wedstryde hierdie jaar gespeel sonder hierdie taktiek. Ons speel net ons normale *game*. Verstaan ons mekaar?" Die spelers knik. "Nou kom ons gaan," sê Jaco en stap uit die kleedkamer met die ander agterna.

Maar ou Doep was wel reg. Die Spanners is sterker as hulle. Die spanne beweeg heen en weer oor die veld en teen rustyd is die telling nog nul elk.

Die spelers maak 'n kringetjie.

"Jaco, ons moet plan maak. Die Spanners moor ons voor," sê Jan Botha. Daar drup bloed uit die kant van sy oog.

Doep sluit by hulle aan. "Kêrels, wat gaan aan? Julle doen niks wat ons geoefen het nie." Hy kyk die spelers vraend aan. Dit is 'n rukkie stil.

"Jaco het gesê ons moet dit los, Meneer." Dis Rodney.

Jaco kyk af grond toe.

"O, ek sien. Nou maar vra dan julle nuwe afrigter, mister Jaco Malan, hoe de donner dink hy gaan julle hierdie wedstryd wen," en met dié draai Doep om.

Die spelers kyk na Jaco.

"*Boys*, kry net een maal die bal na die agterlyn. Ons het dit nog nie gehad nie. Pietman de Wet staan te diep en ek en Sias sal hom uitoorlê. Kry net die bal by ons," pleit Jaco by die voorspelers.

Die tweede helfte verloop nie veel beter nie. Vyf minute voor die einde kom die bal vir die eerste keer agterlyn toe. Dit beweeg langs die agterlyn af. Sias klop sy man. Dit is nog net Pietman de Wet voor. Jaco lê oop om aan Sias se binnekant te kom. Maar Sias kry dit nie reg om Pietman de Wet te klop nie en Pietman vat hom netjies om die enkels vas.

"Sias!" skree Jaco.

Sias gooi die bal agtertoe, maar Jaco moet effens spoed verminder om die bal van die grond af op te tel. Toe hy opkyk, is die doellyn oop voor hom en hy versnel so vinnig as wat hy kan en hardloop vir die hoekvlag. Tien tree van die doellyn af voel hy hoe iemand hom van agter beetkry en oor die kantlyn uitduik. Jaco kyk om. Dit is Kosie Gericke. Die

Spanners wen die daaropvolgende lynstaan en skop die bal op die middellyn uit.

Terwyl hulle terugdraf, sê Jaco vir Loffie: "Skop 'n *grubber* net verby die losskakel, dan sal ek oppik en dan gaan jy buite my om sodat ons die *overlap* kan bewerkstellig."

Brandwag wen die lynstaan en Loffie skop die *grubber*, maar dit is teen 'n Spanner vas en die bal spat terug, verby Loffie. Jaco hardloop terug en probeer op die bal duik voordat dit verder teruggeskop word. Maar terwyl hy deur die lug trek om op die bal te duik, sien hy die voet van 'n Spanner-speler wat die bal deurskop. Jaco val op die gras en spring weer dadelik op. Die Spanner-speler hardloop agter die bal aan. Jaco sien dat daar niemand is om hom te keer as hy die bal optel nie en hy lê rieme neer om te probeer keer. Maar die Spanner-speler pik die bal op en hardloop vir die doellyn en duik oor vir 'n drie. Dit is Kosie Gericke. Die doelskop is oor en kort daarna blaas die eindfluitjie.

Jaco gaan staan vooroor. Hulle het verloor. Die Spanner-kinders storm op die veld om hulle span geluk te wens. Jaco stap af, maar skielik doem Doep voor hom op. Hy kyk Jaco woedend aan.

"As jy vir my geluister het, het ons sewe nul gewen. Nou het ons sewe nul verloor. Die eerste keer in ses jaar. Jy gaan hiervoor verantwoording doen," snou hy en draai om.

Jaco antwoord nie en stap mismoedig die kleedkamer binne. Hy wag tot al die spelers binne is en maak die deur toe.

"*Boys*, kom ons maak kringetjie." Eers toe al die spelers in die kringetjie is, praat hy. "Kyk, *boys*, dit is nie lekker om te verloor nie, maar sou dit beter gewees het as ons gewen het omdat Kosie Gericke van die veld af was?" Niemand antwoord hom nie. Almal kyk af. "Ek dink nie so nie. Hulle het gewen. *Fair* en *square*, sonder om iets onbehoorliks te doen." Jaco bly 'n rukkie stil. "Ek wil net ook sê dat dit die matrieks se laaste wedstryd was. Ons wens julle ander ouens sterkte toe vir volgende seisoen. Dit was vir my persoonlik lekker om saam met julle te speel en ek dink julle is almal 'n *great* klomp ouens." Hy gee elkeen 'n handdruk, pak sy sak en stap uit.

Toe hy onder die paviljoen uitkom, sien hy Doep en die skoolhoof, meneer Gert Nel, oftewel Bulletjie, druk met mekaar in gesprek. Hy stap verby.

"Jaco!" Dit is Bulletjie wat so skreeu.

Jaco draai om. Bulletjie roep hom met die wysvinger nader. Jaco stap tot by hulle.

"Is dit waar wat meneer Du Plessis my nou vertel? Dat jy ons hierdie wedstryd gekos het?" Bulletjie se kort, gesette lyfie rys 'n paar duim hoër. "Het jy jou onderwyser se bevele verontagsaam?" Sy stem word al hoe harder en speeksel vorm in sy mondhoeke.

"Ek sal Maandag met jou afreken!" spoeg hy en stamp Jaco feitlik uit die pad toe hy wegstap.

Jaco kyk hom agterna. Hy kyk terug na Doep. Dié skud net sy kop en stap ook verby.

Die volgende dag kom dominee Malan lank na die erediens eers terug van die kerk af. Hy lyk moeg toe hy by die huis inkom.

"Jaco, kom asseblief saam studeerkamer toe." Nadat hulle gaan sit het, gaan hy voort. "Ek het die aangeleentheid vanoggend met die kerkraad bespreek. Die besluit was eenparig. Jy sal môreaand 'n onderhoud met drie van die ouderlinge voer. As hulle bevinding is dat jy nie gereed is vir aanneming nie, dan sal jy nie aangeneem word nie. Verder sal die onderhoude met die res van die katkisante deur die ouderlinge waargeneem word. As jy nie gereed is vir aanneming nie, sal hulle my geleentheid gee om myself beroepbaar te stel na 'n ander gemeente. As ek nie 'n beroep kry nie, moet ek bedank as leraar van hierdie gemeente."

Jaco sien dat sy pa se oë moeg lyk.

"Jaco, jy maak dit vir niemand maklik nie. Ek vra jou om behoorlik te dink oor wat jy wil doen voor die onderhoud môreaand met die ouderlinge." Hy maak sy oë toe.

Jaco staan stil op en verlaat die studeerkamer.

"Nou ja, seuns en dogters, ons het Saterdag verloor." Bulletjie staan op die verhoog en kyk uit oor die saal vol kinders.

"En dit net omdat 'n kind dink hy weet van beter. Dit is Jaco Malan se skuld dat ons die wedstryd Saterdag verloor het."

Die kinders kyk om na Jaco. Hy is alreeds bloedrooi, deels van skaamte en deels van woede. Hy staan op.

"Sit!" skree Bulletjie van die verhoog af. Jaco bly staan. "Sit!" skree Bulletjie op sy hardste. Jaco bly staan. "Kry my in my kantoor!" skree Bulletjie en begin van die verhoog af stap.

Dit gons nou in die saal.

Jaco stap kantoor toe. Bulletjie se sekretaresse beduie dat Jaco moet wag. Hy staan voor die kantoordeur. Oomblikke later kom Doep daar aan en stap by Bulletjie se kantoor in. Jaco wag. Hy hoor hulle praat binne, maar hy kan nie hoor wat hulle sê nie. Na wat soos 'n ewigheid voel, gaan die deur oop en Doep beduie vir Jaco om binne te kom.

Bulletjie staan agter sy lessenaar en Doep gaan sit in 'n stoel voor die lessenaar. Jaco bly staan voor die lessenaar.

"Tart jy my, Jaco Malan?" bars Bulletjie los. "Tart jy my?" skree hy dit 'n tweede keer.

"Meneer?" Jaco is onseker.

"Hoekom sit jy nie as ek vir jou sê om te sit nie? Hè? Hè?"

Bulletjie is duidelik woedend. Jaco besluit om stil te bly. Hy kyk af.

"Antwoord my as ek met jou praat, Jaco, of het jy net 'n mond vol tande?" Bulletjie loop om die lessenaar en kom staan voor Jaco. Hy druk sy wysvinger hard teen Jaco se borsbeen. "Ek laat my nie tart deur 'n nat agter die ore snuiter soos jy nie, verstaan jy my mooi?" Jaco bly stil. "Verstaan jy my mooi?" Met elke lettergreep stamp Bulletjie sy voorvinger teen Jaco se bors terwyl sy stem ook harder word.

"Ja, Meneer." Jaco kyk nog steeds grond toe.

Bulletjie loop terug om die lessenaar.

"Hoekom het jy jou onderwyser se instruksies Saterdag verontagsaam? Sy instruksies was duidelik, was dit nie?"

"Ja, Meneer."

"Hoekom verander jy dit toe? En boonop sonder om hom te sê! Jy is 'n lafaard, Jaco Malan, want jy doen dit ook agter sy rug sonder om hom te sê."

"Meneer, ek het gevoel dat dit nie reg was nie," begin Jaco, maar Bulletjie ontplof.

"Nie reg nie! Nie reg nie!" Sy stem styg oktawe hoër deur die ses woorde. "Jy is 'n snuiter en 'n kind en jy besluit jy weet beter as 'n man wat al twaalf jaar lank hierdie skool se eerste span afrig. Jy is heeltemal te groot vir jou skoene, weet jy dit?" Bulletjie leun met sy hande op die lessenaar.

"Ek het nie gesê ek weet beter nie. Ek het gesê dit is nie reg nie," probeer Jaco homself verdedig, maar dit is olie op die vuur.

"Slim Jaco Malan! Jou redenaarstruuks beïndruk my nie. Die vraag bly dieselfde, jou swaap! Jy as 'n snuiter weet wat reg is, maar 'n man met dertig jaar ondervinding in die onderwys weet nie wat reg is nie! Nee, Jaco Malan, snotneus, wat heeltemal te hans is, hy-y-y weet beter."

Jaco kyk net na Bulletjie. Bulletjie laat sak sy kop.

"Jy weet, Jaco, ek het nog nooit van jou gehou nie." Bulletjie se stem is nou gelykmatig. "Ek het nog altyd gedink jy is te groot vir jou skoene. Jy is beterweterig en boonop dink jy jy is beter as ander. Ek het jou al gesien. Jy kyk neer op die ander. Ja, jy's slim en alles, maar jou houding maak jou onuitstaanbaar. Jy dink net heeltyd aan jouself en wat vir Jaco Malan belangrik is. Enige iets anders beskou jy as benede jou waardigheid. En weet jy wat? Ek is nou moeg vir jou bakkies. Trap uit my kantoor uit voor ek my regtig vererg." Hy kyk op. "Trap, sê ek!" Hy sis die laaste woorde uit.

Jaco sit in sy kamer. Hy het ná die episode in die kantoor op sy fiets geklim en huis toe gekom. Gelukkig was sy ouers nie daar nie.

Hy voel verneder. Hy het nie kans gehad om sy saak te stel nie. Bulletjie is onbillik. Al die gedagtes maal deur sy kop. Hoe sou die wedstryd verloop het as hulle ou Dronk Doep se plan gevolg het? Sou hulle gewen het? Sou hy die doellyn gehaal het as dit nie vir Kosie Gericke was nie? Sou die Spanners hulle drie gekry het as dit nie vir Kosie Gericke was nie? Hoe gaan die res van die jaar verloop? Die hele skool dink dit is sy skuld dat hulle die wedstryd verloor het. Hoe kon Bulletjie van die verhoog af so iets kwytraak! Hy wou net doen wat reg is. Dit is al.

Hy skrik iewers in die agtermiddag wakker. Vanaand kom die ouderlinge. Jaco voel sy bors trek toe. Hy begin sweet. Wat gaan hy vir hulle sê? Dit gaan 'n herhaling van vanoggend wees. En sy pa... Wat gaan van hom word? Hy begin naar voel. Hy stap badkamer toe en begin opgooi en opgooi totdat sy maag leeg is. Hy stap terug en gaan lê weer op sy bed. Hy begin diep asemhaal. Na 'n rukkie weet hy wat om te doen.

"Broers en susters, ons kom nou by die aflegging van die belydenis van die geloof van ons katkisante." Dominee Malan glimlag vir die gemeente. "Ek moet sê dat hulle almal spoggerig lyk hier voor en hulle lyk sommer baie gelukkig met die vooruitsig om aangeneem te word. Ek vra dat al die katkisante sal opstaan en hier voor die kansel kom staan voordat ek die formulier lees."

Hy lees die formulier en begin dan elke kind op die ry af vra. Toe hy by Jaco se naam kom, bly hy 'n rukkie stil.

"Jacobus Hendrik Malan?"

"Ja," antwoord Jaco. Hy kyk op. Sy pa glimlag. Jaco glimlag terug.

Die Baron & Grill – 20:30

"Om te sê dat jy mense hulle demokratiese en basiese menseregte wil ontsê sodat jy jou baasskap kan bly behou, is iets heeltemal anders as om te sê dat jou posisie as witte in hierdie land sodanig is dat jy dit dalk moet oorweeg om te emigreer. Wat my by my volgende punt bring..."

"Kêrels, kan ons net eers 'n bietjie kos bestel? Ek word nou skoon honger van al hierdie pratery." Gys loer weer in die rigting van die kombuis.

"Ek is nie honger nie," kom dit van Jaco.

"Ek ook nie," klink 'n koor van stemme op.

Gys sug net.

"Wat is jou punt, Johan?" Theuns sit nog steeds met sy hande inmekaar gevou.

"My punt is dat mense trek om dieselfde waardes te behou. Die wit mense trek omdat hulle voel die standaarde gaan agteruit en dat hulle die standaarde waaraan hulle gewoond was op 'n ander plek kan kry. Die wittes het 'n lekker eerstewêreld-enklave vir hulleself gebou. Maar daardie ding het 'n prys gehad. En die prys moet nou betaal word. Ons kan nie almal in hierdie land op dieselfde vlak as die wittes lewe nie. Die land is te arm daarvoor. Iets moet meegee. Die oplossing is voor die hand liggend: Die wittes moet padgee, want hulle gaan dit die meeste voel."

❂ ❂ ❂

Jaco staan by die foto's teen die gangmuur. Daar is gesinsfoto's en individuele foto's van die kinders. Die foto van sy gradeplegtigheid is 'n mooi swart en wit vergroting. Sy hare was lank, tot oor sy skouers. Hy onthou nog hoe skaam sy pa was dat sy seun die langste hare op die gradeplegtigheid gehad het. In die hoekie van die raam is 'n klein foto'tjie ingedruk en Jaco leun nader om dit te sien. Dit is 'n foto van hom in sy volle offisiersregalia. Hy wonder hoekom dit geneem is. Hy is nog so jonk hier, met 'n pikswart snor. Hy dink met bitterheid terug aan daardie tyd. Wat 'n vermorsing van tyd was dit nie! Twee jaar opgemors vir iets wat toe belangrik was, maar nou gereduseer is tot 'n klein foto'tjie.

❂ ❂ ❂

Die aanslag

"Liek lak liek lak liek lak lie-e-e, liek lak liek lak liek lak li-e-e-e. Kompanie-e-e! Halt!"

"Stuit, een, twee," kom die koor van stemme toe die groep soldate tot stilstand verskree word deur 'n kort mannetjie met twee strepe op sy arm. Hy word as Korporaal aangespreek.

"Ag nee fok, troepe! Julle klink soos 'n klomp koeie wat op die teerpad kak, so ongelyk is julle! Sien julle daai boom?" en hy beduie na 'n boom so tweehonderd meter ver. "Is julle al terug?"

Die soldate begin hardloop in die rigting van die boom.

"Die laaste tien gaan weer hardloop!" skree Korporaal en daar is 'n poging in die groep om vinniger te hardloop.

Die groep soldate rafel uit en begin 'n lang bruin streep vorm soos die vinnigstes voor draf en die stadiges en onfiksses agterna. Jaco Malan bevind homself in die agterste groep. Vier jaar se niksdoen op universiteit eis nou sy tol. By hulle terugkoms val hulle in drie rye in en feitlik almal haal vinnig asem.

"Kompanie-e!" skree Korporaal weer. "Herstel! Julle moet reageer as ek praat. Kompanie-e!"

Almal ruk hulleself regop, maar net omtrent die helfte se bene is van mekaar af en hulle hande is agter hulle rug.

"Herstel! Julle moet gelyk kom, my troepies. Ek gaan vir julle opfok!" Korporaal se stem is onheilspellend. "Kompanie-e!" Almal ruk weer regop. "Kompanie-e, a-a-andág!"

Die soldate sleep die linkerbeen binnetoe en die regtervoet word langs die linkervoet ingestamp. Nou staan hulle regop met hulle voete teen mekaar, hulle skouers reguit en die arms langs die sye gestrek. "Regs rig!" Die soldate ruk hulle regterarms sywaarts op terwyl hulle in dieselfde rigting kyk. Hulle kyk oor hul gestrekte regterarms en skuifel rond totdat net die ken van die soldaat langsaan gesien kan word. Sodra die geskuifel klaar is, kom die volgende bevel. "Oë front." Die arms word weer afgeruk tot langs die sye terwyl die koppe vorentoe geruk word.

"Troepies, luister nou mooi. Julle maak my de moer in! Julle was mos slim gister op die skietbaan. Julle dink ons kom dit nie agter nie. Julle het mos 'n grap daarvan gemaak. Nou kom ek vertel julle wat is 'n grap. Julle gaan 'n grap wees as ek met julle klaar is. Kompanie!" skreeu hy skielik. "Kompanie-e! Links om, looppas mars!"

Elke soldaat ruk sy geweer op, linkerhand om die loop en regterhand om die handvatsel. Hulle begin met klein kort treetjies in pas hardloop.

"Kompanie-e-e, omkeer!"

Die soldate maak in pas 'n omkeer in die teenoorgestelde rigting.

Na sowat dertig meter skreeu hy weer: "Omkeer!"

So gaan hy aan, dertig meter eenkant toe en dan dertig meter anderkant toe. Na sowat vyf en twintig minute begin die eerste ouens uitval.

Jaco se asem jaag en hy is duiselig. Hy val uit die groep en gaan hurk vooroor. Eers bring hy net taai slym op. Daarna is dit vanoggend se kos, eers die gebrande roosterbrood en dan kom die hawermoutpap.

Hy voel hoe 'n stewel hom op die rug trap en hy verloor sy balans vorentoe en val met sy gesig in dit wat hy nou net opgebring het. Die kots is nog warm en die suur reuk van maagsappe walm in sy neusvleuels op. Hy probeer sy kop wegdraai, want die stewel is nog steeds op sy rug en druk hom teen die grond vas. Hy kots weer, maar omdat hy nie kan vorentoe beweeg nie, bly die kots in sy keel sit. Hy kry nie asem nie. Die stewel laat nie los nie. Jaco probeer daaronder uitkom, maar die stewel trap harder. Hy móét nou asemhaal. Hy vat 'n kort asemteugie, maar dit is net genoeg vir van die kots om in sy longe in te gaan. Hy begin stik.

Die stewel lig op. Jaco kom op sy hande en knieë en hoes die kots uit sy longe uit. Sy asem fluit nou en hy maak snorkgeluide soos hy sy asem probeer terugkry.

"Lekker in jou eie kots, nè?" kom die stem saggies by sy oor. Hy word aan sy kraag regop geruk. "Kompanie-e-e, halt!" skreeu die stem by Jaco se oor. Hy hoor hoe die soldate tot stilstand kom. "Kyk mooi hier, troepies. Sien julle, so lyk 'n grap. 'n Dikgat, onfikse, slegte moer." Hy gooi Jaco grond toe. "Kom, ek is nog nie klaar met julle nie! Looppas mars!"

Die spektakel duur voort soos dieselfde lot as Jaco s'n een na die ander soldaat tref.

"Luitenant Malan." Die bevelvoerder steek sy kop om die deur van Jaco se kantoor.

Jaco spring regop uit sy stoel en salueer die bevelvoerder, kolonel Weideman.

"Ja, Kolonel?"

"Ons het vanaand 'n Rapportryersbyeenkoms. Ek wil jou graag 'n bietjie voorstel daar. Daar word gebraai en jy kan sommer help. Dit is sewe-uur by die offisiersmenasie. Formele drag, hoor." Hy draai om.

"Reg, Kolonel." Jaco ontspan en gaan sit weer by sy lessenaar.

Hy het sy basiese opleiding darem oorleef, die regskursus voltooi en pas die regsoffisier by die eenheid geword. Dit is 'n konstruksieregiment. Hy kyk op sy horlosie. Dit is kwart voor tien. Tienuur is daar voor majoor Calitz 'n summiere verhoor van 'n troep wat veertien dae op *awol* was. 'n Summiere verhoor word gehou vir geringer oortredings en enige offisier kan voorsit as die regter in die saak. Die aangeklaagde is sappeur Wilson Dance. Die straf is gewoonlik PT vir 'n week. Dan word die gevonniste deur die offisier aan diens elke middag twee ure lank "liggaamsopvoeding" gegee. Jaco vat al die papiere saam met hom. By majoor Calitz se kantoor klop hy eers.

"Kom binne." Jaco stap in, kom voor die lessenaar tot stilstand en salueer. Die majoor strek sy arm om die saluut te erken, want hy kan nie terugsalueer nie aangesien sy baret nie op sy kop is nie.

"Môre, Majoor. Ek is hier vir die summiere verhoor van sappeur Dance, soos ek met Majoor gereël het."

"O ja, ek onthou nou. Jy is die nuwe regsoffisier." Die majoor sug. Soldate hou nie van regsprosedure nie en die majoor is nie 'n uitsondering nie.

"Hier is die DD1 wat deur korporaal Nel van die militêre polisie voltooi is. Hier is die DD3 waarin die voltooide besonderhede van die aangeklaagde vervat is. Hier is die DD10 wat sy vorige veroordelings insluit. Hier is die *roll call*-rekords vir die tydperk waarin hy afwesig was. Dit is gesertifiseer deur die kompanie-sersant-majoor en is 'n korrekte uittreksel van die rekords."

Die majoor blaai deur die papiere.

"Nou ja, bring hom in."

Jaco maak die deur oop en sappeur Dance word deur 'n lid van die militêre polisie ingemarsjeer en voor die lessenaar tot halt gebring. Jaco knik vir die militêre polisieman en dié verlaat die vertrek. Dance staan op aandag voor die lessenaar.

"Is jy sappeur Wilson Dance?" Die majoor kyk op.

Dance knik.

"Goed, Luitenant, lees die klagstaat." Die majoor kyk vir Jaco.

"Sappeur Dance, jy word daarvan aangekla dat jy wederregtelik en opsetlik vanaf 14 Junie tot 28 Junie 1986 afwesig was sonder verlof van jou eenheid, te wete Konstruksieregiment en dat jou optrede daardeur 'n oortreding van artikel 11 van die Reglement van Dissipline van die Suid-Afrikaanse Weermag daarstel." Jaco kyk na die majoor. Die majoor kyk na Dance.

"Hoe pleit jy?"

"May I have the charge in English please, Major."

Die majoor se kop ruk agteroor. "God, Dance, die *army* is tweetalig, vyftig-vyftig. Die vorige vyftig jaar het ons Engels gepraat en nou praat ons die volgende vyftig jaar Afrikaans."

"U aandag, Majoor."

"Wat!" kom dit bars.

"Sapper Wilson, would you please step out of the room for a minute," gee Jaco opdrag aan Dance.

Dance verlaat die vertrek.

"Majoor, ons sal die verhoor in Engels moet hou as die aangeklaagde dit so verkies. As ons weier, dan kan hy na 'n krygsraad appelleer en hulle sal die verrigtinge tersyde stel. Dan is Dance vry. Dus sal ons in Engels moet aangaan." Jaco kyk na die majoor.

"Ek hou nie verhore in Brits nie. Dit is 'n vreemde taal. Hoekom kan hy nie Afrikaans praat nie? Waar kom hy vandaan?" Majoor Calitz is onverwags hardkoppig.

"Van Durban af, Majoor."

"Gmf! Kry dan 'n ander verhooroffisier." Majoor Calitz vou sy arms oor sy bors.

Jaco kyk hom onbegrypend aan. "Majoor?"

"Ek sê, kry vir jou 'n ander verhooroffisier. Is jy doof!"

"Nee, Majoor." Jaco is onseker oor wat hom nou te doen staan.

"Ek gaan nie hierdie verhoor in Brits doen nie, Luitenant. Kry vir jou iemand anders."

"Maar, Majoor, ons het klaar die verhoor so deur die bevelvoerder belê. As ons nie nou kan aangaan nie, moet ek terug na hom toe en verduidelik waarom ons nie kon aangaan nie." Jaco is onseker of dit 'n indruk maak. "Dit is 'n klomp papierwerk en ek sal 'n verslag ook moet skryf wat op die lêer moet kom." Hy het gou uitgevind dat soldate 'n heilige vrees het vir 'n verslag wat op 'n lêer kom. Hy kyk na die majoor en hy merk dat die man besig is om te sweet. Die majoor haal sy sakdoek uit en vee die sweet van sy gesig af.

"Goed, Luitenant, jy maak jou punt. Maar jy sal moet help. Ek ken nie Brits nie." Hy kyk pleitend na Jaco.

"Dis reg, Majoor. Gelukkig is die papierwerk tweetalig en hoef ons dit nie oor te doen nie."

Jaco roep Dance in. Hy lees die klagstaat in Engels voor.

Majoor Calitz val sommer weg. "Do you understand the uh … uh … Do you understand it?"

"Yes, Major."

Jaco merk dat die majoor "yes" op die betrokke plek op die vorm skryf.

"What did you uh … uh … uh …"

"Plead," kom Jaco tot sy hulp.

"Plead," herhaal majoor Calitz.

"Guilty, Major," kom dit van Dance.

Die majoor kyk af en Jaco sien sy pen bo die papier weifel.

"Ek sal notas neem, Majoor," stel hy voor. Hy kan nie nog die spelling ook behartig nie.

So worstel hulle deur die hele verhoor. Toe hulle klaar is, is die majoor se hemp papnat van die sweet.

Jaco stap die menasie binne waar die mans in groepies rondstaan. Hy stap na die bevelvoerder toe, gaan staan op aandag voor hom en salueer hom. Die bevelvoerder salueer terug.

"Ek is bly jy is hier, Luitenant." Kolonel Weideman draai na 'n man in siviele drag wat langs hom staan. "Hier is luitenant Malan, ons regsoffisier," stel hy Jaco voor. "En dit is meneer Piet Enslin. Hy is die voorsitter van die dorp se Rapportryers en hy spreek ons vanaand toe."

"Aangename kennis, Luitenant. Is jy van Alberton se Malans?"

"Nee, Meneer, ek kom uit die Vrystaat."

"Nou ja," kom die afwysing. Enslin draai na kolonel Weideman en gaan met die gesprek voort wat hulle blykbaar vroeër gevoer het.

Jaco stap na 'n ander groep toe.

"Offisiere," hoor Jaco kolonel Weideman se stem agter hom. "Ek wil graag meneer Piet Enslin aan die woord stel en hom by voorbaat bedank vir hierdie funksie wat hy vir ons gereël het. Meneer Enslin …" Kolonel Weideman knik na die gas om aan te dui dat hy moet voortgaan.

"Geagte vriende, ek gaan nie baie praat vanaand nie. Dit is 'n groot voorreg vir die Rapportryers om hierdie funksie vir ons manne in uniform aan te bied. Dis julle wat ons snags veilig laat slaap teen die aanslag van die kommuniste. Soos ons leier die ander dag gesê het: As hulle geweld teen Suid-Afrika aanwend, sal iets hier gebeur wat niemand sou kon droom nie. Ons, en alle ander Suid-Afrikaners, is geweldig trots op julle manne. Julle is die laaste vesting wat dit beskerm wat ons as Afrikaners as heilig beskou: ons onafhanklikheid. Ons onafhanklikheid om na onsself om te sien. Dat ons ons eie wapens kan bou om onsself te beskerm. Ons het die sterkste weermag op die kontinent. Ons hoef nie te vrees vir terroris of kommunis of watter gevaar ook al nie. Ons is in die beste hande denkbaar. Die ander dag het ek saam met een van julle generaals geëet en hy het bevestig dat die Rooivalk-gevegshelikopter die beste in die wêreld is en dat as dit nie vir die wapenboikot was nie, die wêreld tou sou gestaan het om dit te koop. Ons G5-kanonne skiet verder as enige ander kanon in die wêreld. Nee, vriende, dit gaan sowaar goed met ons. Die Rapportryers – en ek is seker elke ander Suid-Afrikaner – is dankbaar vir julle, dankbaar dat julle bereid is om die wapen op te neem om die land veilig te hou. Nou, geagte vriende, sal ek 'n bietjie rondbeweeg en oor die Rapportryers gesels. En al die drank is vir my rekening."

"Hoor-hoor!" kom dit van êrens.

"Dankie, vriende, en wees trots op julleself."

Jaco sluit by die ander dienspligtiges aan. Toe hulle na 'n rukkie kos inskep, is Piet Enslin langs hom.

"En hoe voel jy oor die Afrikanersaak, Luitenant?" vra Enslin terwyl hy 'n lekker vet tjop in sy bord skep.

"Ek is 'n Afrikaner," antwoord Jaco hom.

"Wat doen jou pa?"

"Hy is 'n dominee."

"Ag, maar dan is dit reg so." Enslin hou sy bord dat hulle die pap en sous kan inskep. "Ons werf natuurlik lede vir ons organisasie, soos jy weet."

Jaco weet nie hoekom hy sal weet nie, maar hy knik nietemin.

"Die Rapportryers is die voorste lede van die Afrikanersamelewing. Ons moet die Afrikaner teen interne invloede beskerm. Julle beskerm ons teen die kommuniste, maar daar is nog ander bedreigings wat ons in die gesig staar, soos die Vrymesselaars wat met hulle popmusiek en dwelms ons jeug probeer sag maak." Hy skep 'n opgehoopte lepelvol aartappelslaai in. "Die Rapportryers se werk is om daardie invloede die hoof te bied. Jong, dapper manne soos jy is vir ons belangrik. Die Afrikaner moet homself sowel uiterlik as innerlik pantser teen invloede wat hom wil oorwin." Hy breek nou 'n groot stuk van die knoffelbrood af en sit dit in sy bord. "Ek sal dit waardeer as jy by ons wil aansluit." Hy kyk Jaco nou direk aan. "Vir die Afrikanersaak natuurlik," voeg hy by.

Jaco weet nie eintlik wat om te sê nie. Gelukkig gaan Enslin voort: "Ons vergader die eerste Maandagaand van die maand by die Landbousaal. Ek sal jou graag daar wil sien."

Jaco knik en Enslin verdwyn na die tafel waar kolonel Weideman sit.

Jaco sit die volgende dag in sy kantoor en werk toe die telefoon lui. "Luitenant Malan," antwoord hy.

"Luitenant, sersant Geyser, militêre polisie. Ek het hier 'n ou wat jou wil sien." Die stem klink hees. Jaco is onseker oor waar "hier" is en wat die prosedure is. Hy kies 'n opsie wat nog neutraal is.

"Waaroor wil hy my sien, Sersant?"

"Nee, hy sê jy moet hom help."

Dit help Jaco nie baie nie. "Kan jy hom hier na my kantoor toe bring, Sersant?" Hy voel hy het immers die senior rang.

"Nee, Luitenant. Jy sal hom maar hier moet kom sien. Ek het gesukkel om hom te vang en hy het voetboeie en gewigte aan. Hy loop moeilik met die goed."

Dit beantwoord Jaco se vraag. Die "hier" is êrens in die eenheid. Hy vat sy baret en vind by die wagkamer uit waar die militêre polisie se kantore is.

Agter die lessenaar sit 'n man in uniform. Oor sy bors is 'n wit band wat soos 'n bandelier om sy lyf vou en aan sy sy is 'n wit holster met 'n dienspistool in. Op sy bors is 'n naamplaatjie waarop *Geyser* staan.

"Luitenant, is jy die regsoffisier?"

"Ja, Sersant."

"Nou kom ek vat jou." Hy staan op en sit sy pet op sy kop.

Jaco sien dat hy wit kamaste ook aanhet. Hulle stap uit na 'n gebou langsaan. Daar is tralies voor die vensters. Binne-in die gebou is daar 'n stuk of ses afskortings met tralies van die dak tot die vloer. In een van hulle sit 'n man op die grond. Hy het 'n weermagoorpak aan, maar is kaalvoet.

"Hier is die man, Luitenant," beduie sersant Geyser.

"Wie is hy?"

"Hy is Joachim Lodewyk Botha. Hy was op *awol*. Lank op *awol*. Staan op, jou bliksem!"

Die man staan stadig op en kom tot by die traliehek. "Ek gaan nie oopsluit nie, Luitenant. Nou-nou glip hy weer weg. Maar ek sal julle hier los. Kom sê my as jy klaar is."

Jaco kyk in die sel rond. Al wat daarin is, is 'n matras op die vloer en 'n toiletbak. Die plek stink. Hy kyk na die man voor hom. Sy oë is so blou soos dié van 'n pasgebore baba en net so wasig, asof hy nie mooi kan sien nie.

"Hoekom wil jy my sien?" Jaco wil so spoedig moontlik wegkom.

"Is jy die regsoffisier?" Hy bry en sleep sy tong.

"Ja."

"Jy moet my help, asseblief!"

"Waarmee?" Hy sien die man kyk oor sy skouer om te sien of sersant Geyser weg is, dan kom hy nog nader en praat sagter.

"Kan Luitenant asseblief dié vir my vrou gee?" Hy hou 'n vuil koevert na Jaco toe uit.

"Wat is dit?" Jaco is nou versigtig.

"Dis geld."

"Watse geld?"

"My *pay*."

"*Pay*?"

Die man knik.

"Watse *pay*?"

"My sivvie *pay*."

"Waar het jy gewerk?"

"By die Spoorweë."

"Hoekom het jy daar gewerk?"

Die man sug. "Dit is 'n lang storie."

"Wil jy koffie hê, Luitenant?"

Jaco en die man skrik albei ewe groot vir sersant Geyser se stem agter hulle. Die koevert verdwyn vinnig onder die klere in.

"Nee dankie, Sersant," antwoord Jaco vinnig.

Sersant Geyser draai om en stap uit.

"Wat is die storie?" Jaco begin ongemaklik voel. "Vertel my eers hoe lank was jy op *awol*."

Die man kyk af na sy hande en begin op sy vingers tel. Hy hou sy hand op met al sy vingers op.

"Vyf? Vyf wat? Dae of weke?"

"Jare."

"Jare? Hoe de hel het jy dit reggekry?"

"Die Spoorweë het 'n *strike* gehad in '81. Toe soek hulle *scab*. Ek was toe hier. Maar die *army pay* is te min. My vrou werk nie en ons het 'n kind. Toe gaan *scab* ek. Ek het die hele tyd daar gewerk. Die *pay* is goed, dit is meer as die *army pay*. Hierdie geld is wat ek gister gekry het vir die maand. Net toe ek by die hek uitkom, toe gryp Geyser my. Hulle het die geld nodig, Luitenant, asseblief, kan jy dit vir hulle gaan gee?" Hy druk die koevert in Jaco se hande.

"Nee, ek kan dit nie vat nie."

"Asseblief, Luitenant."

"Nee." Jaco draai om en stap uit.

Die hele middag spook dit by hom. Hoe onderhou jy 'n vrou en 'n kind op die salaris van 'n dienspligtige? Hulle het nie gedink dat daar mense is wat trou en kinders het voor hulle agtien is nie. Dit is nie sy probleem nie, dink hy. Maar die beeld van 'n verhongerde vrou en kind begin hom naderhand jaag. Net voor sluitingstyd gaan hy weer af selle toe.

"Ek wil hom net gou weer sien," sê hy in die verbygaan aan sersant Geyser.

"Botha!" roep hy toe hy in die gebou staan. Botha kom tot by die traliehek. "Gee vir my die koevert."

Botha haal die koevert onder sy klere uit. Jaco sit dit in sy sak. "Waar bly hulle?"

"Op die hoek van Kieser- en Laingstraat in Bezuidenhoutsvallei."

Jaco knik en stap uit. Hy klim in sy kar en ry Johannesburg toe. Hy het 'n padkaart by hom, want hy ken nie die area so goed nie. Hy vorder stadig deur die spitsverkeer en dit is al skemer toe hy by die adres uitkom. Op die een hoek is woonstelle en aan die ander kant is 'n oop stuk grond wat in die ou dae 'n park kon wees. Jaco frons. Die woonstelblok is redelik groot, maar dit is baie vervalle. Waar gaan hy nou vir mevrou Botha kry?

Hy klim uit. Sal maar die opsigter vra. Hy kry die opsigter se woonstel en klop. 'n Baie ou vrou maak die deur op 'n skrefie oop.

"Is jy van die pote?"

Jaco glimlag. "Nee, Mevrou, ek is op soek na iemand. Ek wonder of u my kan help?"

"Wie?"

"Ek soek 'n mevrou Botha. Ek bring iets van haar man af."

Die deur gaan 'n bietjie groter oop. Die ou vrou kyk Jaco op en af. "Jy soek vir Jessie. Jy lyk nie die *type* nie, *but one never knows*." Sy knipoog vir Jaco, kom uit en beduie vir hom na die oorkant van die straat waar die oop stuk grond is. "Daar."

Jaco kyk soontoe, maar al wat hy sien, is lang gras, 'n paar bome en 'n klomp rommel in een hoek.

"In die hoek."

Jaco probeer kyk. Toe hoor hy hoe die deur agter hom toegaan en gesluit word.

Hy stap oor die straat na die oop stuk grond toe. Hoe nader hy aan die rommel kom, hoe duideliker word dit vir hom dat hier mense bly. Hy gaan onseker staan. Hy sien die kappie van 'n bakkie op die grond en 'n klein tweemantentjie langsaan. 'n Entjie verder is 'n vuurmaakplek.

"Mevrou Botha!" roep hy.

"Nee, ek kan nie kom nie. Ek is klaar vir die dag. Jirre, kan julle nie 'n vrou met rus laat nie! Gaan soek 'n ander *girl!*" Die stem is skril.

'n Kind loer by die tent uit, maar verdwyn weer vinnig. Hy hoor gefluister binne.

"Wat soek jy? My man is nie hier nie. Gaan weg!" skreeu sy nou.

Jaco stap tot naby die tentjie. "Mevrou Botha, ek is luitenant Malan van die konstruksie-eenheid. Jou man het my gestuur. Ek het hier 'n koevert vir jou." Die plek ruik na urine en menslike uitwerpsel. Dit meng met die reuk van verroeste yster en buitebande en Jaco walg daarvan. Na 'n rukkie word die tentflap opgelig. 'n Jong vrou klim uit. Jaco ruik die goedkoop parfuum op 'n afstand. Haar lippe is so pas rooi gemaak. Sy het 'n styfpassende miniromp en 'n T-hemp aan. Haar hare is yl, blond en duidelik lanklaas gewas. Sy glimlag vir Jaco, maar haar oë lyk oud. By haar is 'n dogtertjie van so kniehoogte.

"Waar is dit?"

Jaco hou die koevert uit. Sy gryp dit by hom en skeur dit oop. Sy tel die geld. Daarna vou sy dit op en sit dit voor by haar bloes in. Jaco bloos vir haar onthalwe.

Sy lag openlik vir hom. "Jy lyk oulik. Hoe lyk dit met 'n vinnige een?" en sy stap nader.

Jaco verstaan eers nie, maar toe die woorde by hom indring, draai hy vinnig om en loop haastig na sy kar toe. Haar lag agtervolg hom.

'n Paar dae later lui sy telefoon. "Luitenant Malan."

"Luitenant, dis Piet Enslin hier. Hoe gaan dit?"

"Goed, meneer Enslin."

"Man, ek wil net uitvind of jy Maandagaand na ons vergadering toe kom. Ons sal jou graag daar wil hê. Ons volk ... die Afrikaners het mense soos jy nodig."

"Meneer Enslin, ek stel nie belang nie," sê hy en sit die telefoon neer.

Die Baron & Grill, 21:30

"Mense trek omdat dit beter is op 'n ander plek," waag Stefan dit.

"Nee, Stefan, omdat hulle dínk dit is beter op 'n ander plek. Hulle weet dit nog nie voor hulle nie daar is nie," korrigeer Johan hom.

"Nee, man, julle praat albei twak. Mense trek omdat dit sleg is by een plek. Dan gaan *try* hulle hulle *luck* op 'n ander plek." is Theuns se mening.

"Maar is dit dan sleg hier?" Bert kyk in die lug rond of hy dalk iets slegs sien.

"Dit gaan slegter met my hier as vroeër," sê Johan

"Vir jou as witte, Johan, ja. Maar oor die algemeen is dit beter."

"Theuns, ek is nie 'n algemeen nie. Ek is 'n witte. Vir my is dit slegter."

"Oukei, oukei, Jaco. Sê my net, op watter ander plek gaan jy met jou kwalifikasies en met jou salaris 'n vyfslaapkamerhuis op 'n erf van vierduisend vierkante meter hê? Waar gaan jy twee karre hê wat saam meer as 'n miljoen rand werd is? Waar gaan jy elke jaar in jou eie strandhuis vakansie hou? Op wie se plaas gaan jy elke derde naweek perdry? Waar gaan jy vyf weke lank met jou viertrekvoertuig en 'n sleepwa vakansie hou terwyl jy meer diere sien as wat op die meeste ander kontinente bestaan? Waar gaan jy twee huishulpe plus 'n *au pair* kan aanhou? Waar gaan jy twee keer 'n jaar koedoes en springbokke jag? Waar gaan jy jou twee kinders in 'n privaat skool kan hou? Waar gaan jy twee maal 'n jaar 'n hele week lank na Afrikaanse drama, musiek en kuns kyk?

Waar gaan jy bly waar die minimumtemperatuur bo nul is en die maksimum onder dertig grade? Wag, moet my nie onderbreek nie. Waar gaan jy heen? Na Kanada waar dit vir vier maande van die jaar minus twintig is? Waar jy gereguleer word tot by jou voordeur? Na Amerika? Ag nee! Dit bly nog die bakermat van sistemiese rassisme en 'n nasie wat televisie verafgod. Die feit dat hulle Engels praat, is bloot grammatikaal so. Of na Engeland waar die son nooit skyn nie en die hele sisteem hang aan 'n diepgewortelde klassestelsel gebaseer op jou spesifieke aksent van die Engelse taal? Na Australië? Australië het die mees gevorderde middelklassisteem wat die wêreld nog gesien het. Middelklas ken ons wittes nie. Die wittes het te lekker hier geleef om te besef wat 'n middelklas is. Die regte wit middelklas hier was te klein. Ons wat hier om die tafel sit, is hier sogenaamd *upper* middelklas. In Australië sal ons middelklas wees. Gewone Koreaanse karre ry, in 'n drieslaapkamerhuis bly sonder 'n huishulp en ons sal vir twee weke 'n jaar 'n vakansie kan bekostig. Nee wat, kêrels, hierdie plek is die beste." Na sy monoloog vat Theuns 'n lang teug aan sy bier.

Almal raak stil.

"Jaco, nou weet ons nog steeds nie hoekom jy wil emigreer nie." Gys glimlag vir Jaco.

◎ ◎ ◎

Jaco maak die groot muurkas in sy studeerkamer oop. Al die National Geographics *lê in netjiese hope langs mekaar. Verder is daar 'n stapel regstydskrifte wat die Prokureursorde uitgegee het. Dit sal hy seker kan weggooi. Daar is nog 'n stapel van sy langspeelplate. Cliff Richard se* Dream Maker *is die boonste een op die hoop. Hy wou nog CD's van die goed laat maak. 'n Boks in die verste hoek het 'n dik laag stof op. Hy trek die boks nader, maak dit effens oop en loer in. Toe gaan sit hy plat op die vloer, haal die deksel heeltemal af en kyk na die drie verbleikte lêers daarin. Op die boonste een staan:* Kosie Gericke – Landbank-transaksies.

◎ ◎ ◎

Kosie Gericke

"Hoor hier, jy wat Jochem Gericke is! Ek sal nog eendag hierdie plaas en ál die plase om jou besit," sis Kosie. Hy staan in die tuinpaadjie op Erfdeel, die plaas waarop hy gebore is en grootgeword het. Sy dertienjarige lyf bewe van woede. Hy kyk na sy pa wat op die stoep staan met 'n bottel brandewyn in sy hand. Sy bywyf kom uit die huis en sit haar arms om sy pa se lyf. Sy vat die bottel by hom en vat 'n lang teug.

"Kom, Kosie." Sy ma se stem is sag agter hom. Sy is al by die tuinhekkie. "Die taxi wag al by die grootpad."

Kosie tel sy tas op en kyk hoe sy ma se rug in die donker verdwyn. Hy struikel agter haar aan en voel die stof om sy enkels warrel. Dit is driehonderd tree pad toe en die trane loop oor sy wange totdat hy later hardop huil. Sy ma wag vir hom, maar hy loop verby haar toe sy probeer om haar hand op sy skouer te sit. Hy begin hardloop met die pad af tot by die taxi.

"Hotel toe," sê sy vir die taxibestuurder nadat die tasse ingelaai is.

Later die aand draai die middag se gebeure nog deur Kosie se kop. Die ander vrou het so teen vieruur daar aangekom. Hy was besig om met sy windbuks voëltjies te skiet toe sy daar stilhou. Sy het opgestap met die stoeptrap en sonder om te klop by die huis ingegaan. Hy het gewonder wie sy is. Haar lyf is skraal, maar haar gesig is vol plooie. Toe hy 'n rukkie later die huis in is, het hy die rusie gehoor.

"Sy bly nou hier. Jy moet uit," het hy sy pa se stem gehoor. Die brandewynstem. Die een wat agter uit sy keel kom, wat klink asof sy tong platgedruk is om al die stem uit te bring.

"Jochem, ek het nêrens om heen te gaan nie," het sy ma se pleitende stem gekom.

"Ek gee nie om nie. Gaan pak jou goed," was sy pa se antwoord. Kosie het in die deur gaan staan.

"Wat van Kosie?" Sy ma se stem was amper hoopvol.

Jochem Gericke het hom op en af bekyk. "Vat hom saam," was sy antwoord. "Ek is nie lus vir hom nie." Sy pa het die brandewynbottel oopgemaak en geskink. Die ander vrou het op sy stoelleuning gesit met haar hand op sy nek. Sy het 'n trek van selfvoldaanheid op haar gesig gehad.

"Wie is hierdie?" het Kosie gevra. Voor sy pa kon antwoord, het sy self gepraat.

"Ek is jou pa se nuwe vrou."

Kosie het na sy pa gekyk. Sy pa het na hom gekyk en sy hand op haar bobeen gesit en haar rok 'n bietjie opgeskuif.

"Gaan pak. Jy en jou ma moet weg." Hy het 'n groot sluk brandewyn gevat.

Sy ma het by hom verbygeskuifel. Kosie het agter haar aangestap, die kamer in.

"Hy kan dit mos nie doen nie, Ma." Sy ma het 'n tas onder die bed uitgehaal. "Ma, hy kan mos nie. Dit is ons huis hierdie." Sy het die tas op die bed gesit, haar kasdeur oopgemaak en begin pak. "Ma, praat met my!" Toe sy haar gesig na hom draai, was daar geen trane nie, geen emosie nie.

"Wat moet ek doen? Saam met haar hier bly?" Sy het haar rug gedraai en verder gepak.

Die Maandag by die skool is hel. Die storie het almal toe al bereik. Groepies kinders staan en praat, maar hou op sodra Kosie nader kom. Dan kan hy die trekke van simpatie op hulle gesigte sien. Dat Jochem 'n bywyf gehad het, was vir hulle ou nuus, maar die naweek se gebeure was 'n nuwe, sappige brokkie oor die leed van ander.

Kosie begin Jochem Gericke haat met 'n allesverterende haat.

"Ek het werk gekry, Kosie," sê sy ma die Dinsdagaand vir hom. "Dit is nie baie geld per maand nie, maar ons sal deurkom. Dit is by Harding en Parker as winkelassistent. Ek het ook vir ons blyplek gekry."

Die blyplek blyk toe 'n kamer agter in Kerneels Taljaard se erf te wees. Hulle hang 'n gordyn tussen die beddens. Daar is darem 'n stort en 'n wasbak wat ook as opwasplek moet dien.

Vir Kosie is dit 'n swaar tyd. Hy blink nie uit op skool nie. Hy speel darem baie goed rugby, maar is teruggetrokke en praat nie baie nie. Hy toon ook geen belangstelling in meisies nie.

Hy is nie eers matriekafskeid toe nie. Daar is net een ding in sy kop: Hy wil gaan boer sodra hy klaar is met skool. Daarom vind hy alles uit van die boere in die distrik en probeer soveel van boerdery leer as hy wat kan. Hy maak vriende met die ryk boere se kinders, sodat hy naweke na hulle plase toe genooi kan word. Dan spandeer hy meer tyd saam met die pa as saam met die maat.

"Boer, Kosie? Waar gaan jy grond kry?" Sy ma is skepties toe hy die onderwerp in sy matriekjaar aanroer. "Gaan universiteit toe. Ek het geld weggesit daarvoor. Bekwaam jou vir iets." Sy ma het darem gevorder tot boekhouer in die winkel en hulle kan nou 'n woonstel bekostig.

"Ek het my planne agtermekaar, Ma. Hoekom moet ek nou nog Ma se geld op universiteit gaan mors? Kyk vir Jurie Nel. Al wat hy daar geleer het, is om te suip."

"Meneer Dirker sê jy behoort ook maklik 'n sportbeurs te kry met jou rugby."

"Nee, Ma, ek dink ek het nou genoeg rugby gespeel. Ek wil nou gaan boer."

Die dag nadat hy die laaste matriekvraestel klaar geskryf het, stap hy by die kafee in en koop 'n pakkie sigarette. Hy gaan sit op die stoep van die kafee en steek een aan. Hy hoes eers vreeslik, maar raak 'n rukkie later gewoond daaraan. Daarna stap hy af koöperasie toe, na die koffiewinkel toe.

Sy tydsberekening is agtermekaar. Teen tienuur sal oom Maans Steyn sy koppie koffie daar drink. Oom Maans het drie plase en word in die distrik gereken as 'n bekwame en suksesvolle boer: mielies en beeste. Oom Maans en tannie Estelle het nie kinders nie en oom Maans is al amper sestig. Kosie het alles oor die Steyns uitgevind. Hy het seker gemaak dat hy by elke kerkbasaar koeksisters en melktert aandra en dat die Steyns van hom notisie neem.

Daardie oggend stel hy die eerste deel van sy plan in werking. Oom Maans sit al en lees die *Volksblad* toe Kosie instap.

"Môre, oom Maans," groet Kosie.

Oom Maans laat sy koerant sak. "My hene, Kosie, môre! En wat maak jy hier by die koöperasie? Bank jy skool?"

"Nee, Oom," lag Kosie senuagtig. "Ek is klaar met skool. Kan ek maar sit, Oom?"

"Ek glo dit nie. Klaar met skool? Nou ja, sit, man."

Kosie gaan sit en bestel koffie.

"En wat gaan jy nou doen?" vra oom Maans terwyl hy verder deur die *Volksblad* blaai.

"Dit is hoekom ek hier is, oom Maans."

Die koerant sak en die wenkbroue lig. Kosie haal die pakkie sigarette uit en bied vir oom Maans aan. Oom Maans sit die *Volksblad* neer en neem 'n sigaret. Kosie steek dit aan met 'n vuurhoutjie – nie 'n aansteker nie. Oom Maans verdra nie aanstekers nie, het Kosie toevallig op die laaste kerkbasaar uit die oom se mond gehoor. Nadat hy sy eie sigaret aangesteek het, begin Kosie praat.

"Oom, ek is nou klaar met skool en ek wil graag boer. Maar ek het nie grond nie. Toe het ek gedink, as ek by Oom kan kom werk sodat ek kan leer om soos Oom te boer..."

"Ja-a, en dan?" Oom Maans is formeler as wat Kosie verwag het.

"Dan, Oom, het ek so gedink: As ek by Oom gewerk het, sê so twee jaar of so, en Oom dink ek is bruikbaar, dan wil ek graag begin om saam met Oom om 'n deel te boer." Kosie het uitgevind dat dit is soos oom Maans begin het: as 'n bywoner by die Geldenhuyse. Later het hy om 'n deel geboer en toe sy eie grond gekoop. "Maar ek moet eers net werk, Oom. Die afgelope vyf jaar was ek nie op 'n plaas nie en ek dink nie ek kan meer alles onthou nie." Die laaste sin het Kosie geweet moet hy op 'n manier inwerk. Oom Maans ken die storie van Jochem Gericke, dit weet hy. Hy moet op die gevoel ook speel.

Oom Maans vat 'n sluk koffie. "Jy vang my nou so op my nugter maag, Kosie. Ek moet eers dink." Hy suig ingedagte aan die sigaret. "Sê my een ding: Hoekom vir mý vra, Kosie? Hier is mos ander boere met meer grond as ek."

Hierdie een moet jy nou deurdruk, Kosie Gericke, dink hy. Hy kyk oom Maans vas in die oë.

"Oom, ek weet Oom het nie kinders nie en oor 'n paar jaar, weet ek, sal Oom begin hulp nodig kry. Witmenshulp, meen ek. Om met sekere goed te help ... die stropery in die nagte en so aan."

Oom Maans kyk eerste weg en druk sy sigaret in die asbak dood. "Wanneer kan jy begin?" vra hy. "Dis nou as ek ja sê."

"Ek kan dadelik begin, Oom."

Oom Maans staar lank fronsend voor hom uit. Toe kyk hy na Kosie. "Dis is reg, Kosie."

Kosie staan op en steek sy hand na oom Maans uit. "Oom sal nie spyt wees nie. Oom sal sien," antwoord hy met 'n breë glimlag. "Sal Oom my môreoggend so agtuur kom oplaai?"

Oom Maans glimlag en knik. "Jy kan sommer jou intrek in die buitekamer op die stoep neem."

"Net nog een ding, oom Maans. Die kontrak met Oom moet in my ma se naam wees."

"Hoekom?"

"Vrouens wat boer en nie mans het nie se seuns word vrygestel van diensplig."

"Ek stem saam. Die dienspligding is nie goed nie."

Kosie vertel sy ma dié aand alles. Hy is opgewonde en lag en maak grappies. Hulle praat nooit oor "daardie" dag nie. Jochem Gericke se naam word nooit genoem nie. As hulle hom iewers in die dorp sien, maak hulle net asof hulle hom nie ken nie.

"Kosie, belowe my net een ding: Jy moet nie hierdie ding doen om op jou pa wraak te neem nie."

Binne-in hom word dit koud en hy onderdruk sy wrokkigheid met moeite.

"Nee, Ma." Hy glimlag vir haar. "Pa het niks hiermee te doen nie."

Die volgende oggend staan Kosie met sy tas voor die woonstelblok in die straat. Oom Maans hou stil en klim uit die bakkie. Daar is twee werkers agter op.

"Mapetla, help Kosie gou om sy goed op te laai," roep oom Maans na agter.

Kosie lag verleë. "Ek het net die tas, Oom." Oom Maans se wenkbroue lig effens. "Ek het net die tas," sê Kosie weer, sagter dié keer. Hy laai die tas agter op die bakkie en klim voor in.

"Môre, Oom."

"Môre, Kosie," antwoord oom Maans.

Hulle praat nie verder nie tot op die plaas.

Oom Maans se sisteem is eenvoudig maar effektief.

"Jy plant al die lande met mielies, Kosie. Wanneer dit strooptyd is, verkoop jy net vyftig persent van wat jy aanvanklik geplant het aan die koöperasie. Van vyf en twintig persent maak jy kuilvoer. Die ander vyf en twintig persent bêre jy vir voer vir die beeste. As die oes swak is, dan koop jy nog beeste aan om die ekstra voer op te eet in Augustus, wanneer almal beeste verkoop vir kontant. Einde November verkoop jy die gevoerde kalwers en ook die beeste wat jy aangekoop het. Die geld van die beeste wat jy ekstra aangekoop en weer verkoop het, bêre jy. Want daar gaan jare wees wat jy nie genoeg voer gaan hê nie. Dan gebruik jy daardie geld om voer te koop. Jy verkoop nooit as die prys laag is omdat jy, soos al die ander, nie voer het nie, en jy koop nooit as die prys hoog is omdat jy, soos al die ander, ekstra geld het nie." Dit is oom Maans se werkswyse.

Kosie is verbaas. Dis definitief nie soos Jochem Gericke geboer het nie.

"Hoekom boer almal nie so nie, oom Maans?"

"Kosie, kyk, die meeste mense in die distrik het hulle grond geërf. Hulle boer soos hulle pa's geboer het. Hulle hoef nooit te dink oor hoe jy boer nie. Die feit dat die banke krediet gee, het dit nog vererger. As die boer in die moeilikheid is of kontant kort, dan gaan leen hy dit by die bank. Hy beplan nie vir enige iets nie. Hulle kom nie agter dat boerdery elke jaar minder winsgewend is as die vorige jaar en dat jy elke jaar groter moet boer as die vorige jaar nie. Nee, hulle sit op hulle plase en dink dit sal vir ewig so aanhou. Maar voor ons verder gaan, moet ons eers vir jou 'n perd kry. Stap saam."

In die perdekampie by die stalle maal 'n klomp jong perde rond. Oom Maans leun op die houtbalk van die kraalheining en kyk na die perde. Hy fluit saggies en die perde begin beweeg, eers rond en bont en toe almal in dieselfde rigting, om en om in die kraal. Hy kyk na Kosie. "Soek vir jou 'n perd uit."

Kosie kyk na die perde en is skaam omdat hy nie eers weet hoe 'n goeie perd lyk nie.

"Kyk, Kosie, die eerste reël is dat jy van die perd moet hou. Jy kyk hulle so en jy besluit: Van daardie een hou ek nie, en jy ignoreer hom en so werk jy deur die trop. Dan wanneer dit by die laaste twee kom, dan kyk jy na 'n paar goed ... en jy begin onder. Die bene – hulle moet dun wees."

"Maar is dik bene dan nie sterker nie, oom Maans?"

"Nee, dik bene beteken die perd dra te veel vleis aan sy bene. Hy word dan vinniger moeg as die ander. Dan kyk jy na die afstand tussen die hoef en die eerste gewrig. Hoe korter dit is, hoe slegter ry die perd, want daar is geen elastisiteit in sy beweging nie.

"Maar pasop vir te lank, hulle is geneig om die ligamente te skeur as jy vinnig ry. Kyk dan na die kruis – as die afstand tussen die heup en die stert kort is, dan ry hy ook stamperig. As die afstand groter is, ry die perd gemakliker. Dan die voetbelyning. 'n Perd moet sy voor- en agterbene in dieselfde rigting vorentoe beweeg. As een van die bene kant toe gaan soos 'n melkkoei s'n, dan kan hulle nie ver kom nie. Dan die kop – dit moet skoon wees en nie eintlik vleis aanhê nie. As die kop dik is, is die perd ook halsstarrig. Kom ek gaan wys jou," en oom Maans stap na 'n kampie eenkant waar daar 'n perd wei.

"Mapetla!" roep hy. "Bring vir Tsotsi hier."

Na 'n rukkie kom Mapetla uitgestap met 'n spierwit Arabierhings aan 'n halter. Hy lei hom by die kampie in en maak hom los. Kosie waai vir Mapetla wat sy groet met 'n kopknik beantwoord.

Die hings het lang maanhare. Sy kop ruk op en hy blaas liggies deur sy neus toe oom Maans begin praat.

Die perd kom aangedraf tot by hulle. Oom Maans vryf hom teen sy wang en agter sy oor. Skielik gee hy 'n fluit en die hings vlieg om en draf weg. "Kyk, kyk!" Die opgewondenheid in oom Maans se stem verras Kosie. "Kyk daai bene ... hulle loop in 'n reguit lyn."

Kosie merk dat die gewrigte baie kort is en dat die afstand tussen die heup en stert ook kort is.

"Is sy gewrigte nie te kort nie?"

Oom Maans snork minagtend en skud sy kop liggies terwyl sy oë nog steeds bewonderend oor die dier se lyf speel.

"Dit is 'n Arabierhings hierdie en as hy 'n mens was, sou hy nie eens met jou gepraat het nie. Sy voorgeslag kom uit die stalle van koning Faroek. Hy is pure adel." Asof die perd saamstem, knik hy sy kop op en af terwyl hy weer nader gedraf kom. Sy stert staan regop en die sterthare gly oor die een kant van die dier se boud af. Sy lippe knibbel liggies aan oom Maans se hand. "Hy kan uit 'n koppie drink, so fyn is sy bek."

Kosie kom agter dat oom Maans eintlik nie meer met hom praat nie, maar met die perd self. Hulle staan 'n rukkie so. Oom Maans fluister en die perd skuur sy kop teen die oom se skouer. Kosie sien 'n sagtheid in die ou man se oë wat hy nie voorheen gesien het nie. Oom Maans kom skielik weer tot verhaal en hy gee die perd 'n harde klap op die boud. Die dier snork en spring weg op 'n vol galop na die ander punt van die kampie.

Oom Maans lag uit sy maag terwyl hy sy kop in verwondering skud. "En hulle sê 'n dier het nie 'n siel nie," en daarmee draai hulle om en gaan terug na die kraal met die jong perde.

Kosie gaan die veilingpryse by die afslaers na. Hy kan die datum in Augustus presies voorspel wanneer die pryse op hulle laagste is en presies wanneer in November die pryse op hulle hoogste is. Hy werk hard en oom Maans is tevrede met sy werk. Tannie Estelle is vriendelik en aangenaam en sy kan 'n hond uit 'n bos uit kook.

Elke keer wanneer hy dorp toe gaan, loer Kosie by sy ma in om te vertel hoe dit gaan. Hy leer baie – sowel by oom Maans as uit tydskrifte en publikasies van die Departement van Landbou. Van alles hou hy noukeurig boek. Hy teken die reënval op, meet die temperature, teken opbrengste per hektaar op en teken slaggewigte aan. Maar oom Maans leer ook 'n paar ander goed vir Kosie.

"'n Man moet 'n geweer hê, Kosie."

Kort daarna is hulle geweerwinkel toe.

Hulle kyk na die rye en rye gewere.

"Kyk, man," is oom Maans aan die woord nog voor die verkoopsman iets kon sê, "jy kan nou na baie gewere kyk en hierdie een sê dit en daardie een sê dat, maar daar is een geweer waarmee jy alles kan skiet – van 'n jakkals tot 'n buffel – en dis 'n .30-06. Thys Odendaal het al meer as dertig buffels met sy .30-06 geskiet. Ek self skiet nog my lewe lank met 'n .30-06: springbokke, blesbokke en koedoes. Jy kan nie 'n fout maak met 'n .30-06 nie."

"Dit is my voorstel ook," kom dit van die verkoopsman wat vinnig die geleentheid opsom. "Hier is 'n Steyr-Mannlicher wat ons nou net ingekry het, of wil u dalk na die Sauer & Sohn kyk?" Daarmee sit hy nog 'n pragtige geweer op die toonbank neer. Die blinkswart van die lope glim en die hout het fyn graveerwerk op.

Kosie steek sy hand na die Steyr uit.

"Twak, mannetjie, daar is net een maak en dis Musgrave," kom dit van oom Maans.

"Meneer, met alle respek! Hierdie gewere kom albei uit Duitsland en is van die beste gehalte." Die verkoopsman probeer verontreg lyk.

"Hoor hier, nefie," en die meerwaardigheid is meer in oom Maans se stem as in sy houding, "waar dink jy skiet hulle die meeste bokke? In Duitsland of in Suid-Afrika?"

"Nee, seker hier," sê die verkoopsman en sy gesig verklap dat hy weet enige verdere pogings om oor die kwaliteite van 'n Steyr uit te brei, gaan futiel wees.

"Nou presies," gaan oom Maans voort. "Wie sal dan die beste jaggeweer maak? Ons eie mense in Bloemfontein of die Duitsers wat nog net 'n paar takbokke oor het om te skiet?"

Die verkoopsman draai om en haal 'n geweer uit die rak. Kosie kan sien die loop lyk 'n bietjie dowwer en die hout het nie dieselfde fyn graveerwerk op nie. Die verkoopsman gee die geweer vir Kosie en sit die ander twee op die rak terug.

Twee jaar later begin hy en oom Maans om 'n deel boer. Dit verander Kosie se finansiële posisie radikaal. Omdat hy geen uitgawes het nie, spaar hy sy wins net so en binne 'n paar jaar het hy 'n stewige bedrag in die bank. Kort daarna gaan woon hy in een van die leë huise op 'n ander plaas van oom Maans.

Een laatmiddag, terwyl hy nog besig is om die beeste te dip, bring tannie Estelle die nuus.

"Kosie, jou ma het 'n toeval gehad. Sy is in die hospitaal, jy moet ry, kind..."

"Sy het 'n enorme hartaanval gehad. Ek vrees die ergste," begroet die dokter hom.

"Kan ek haar sien?"

Sy ma se oë is toe. Daar is pypies in haar neus en daar kom pypies uit haar arms. 'n Intense gevoel van weemoed oorval hom. Sy ma het 'n hondelewe gehad. Eers onder Jochem Gericke, daarna nog die vernedering van verwerping. Toe moes sy, as armsalige enkelouer met 'n opgeskote seun, gedurig meet en pas. Sy wou nooit iets vir haarself hê nie. Sy was bereid om ander te akkommodeer, al was dit ten koste van haarself.

Hy vat haar hand. Die trane verblind sy oë, maar hy gee nie om nie. Hy skuld haar iets van sy hart, ten minste. Woede vir Jochem Gericke stu in hom op.

Hy weet nie wanneer sy ingekom het nie, maar hy raak bewus van 'n sagte hand op sy skouer. Hy kyk op, maar deur die trane kan hy nie eintlik veel uitmaak nie.

"Toemaar, toemaar," troos die vrouestem. "Hier is 'n bietjie koffie."

Hy bedaar effens en vee sy oë af.

"Dankie," mompel hy en neem die koffie. Hy sit kop onderstebo met toe oë en probeer beheer oor homself kry.

"U sal nou moet uitgaan," sê verpleegster sag.

"Hoekom?" Kosie kyk na sy ma. Die hartmonitor is stil.

"Sy is weg," sê sy.

Kosie sak terug in sy stoel. "Nee! Néé!" Hy skreeu tot sy asem op is.

Sy trek hom aan sy arm by die deur uit en maak die deur toe. In die gang sak hy inmekaar.

Hy stap later uit, gaan sit buite op die trappie en steek 'n sigaret op. Sy kop maal en sy lyf voel vreemd.

Hy weet nie hoe lank hy daar gesit het nie. Toe hy weer opkyk, sien hy die verpleegster.

"Ek is jammer oor ek so tekere gegaan het daar binne..." Hy skrik vir homself.

Sy kom nader gestap. Sy het kort bruin hare en okkerneutbruin oë.

"Ek is ook jammer. Oor jou ma," sê sy stadig.

Die trane begin weer oor sy wange rol. Sy kom sit langs hom en sit albei haar arms om hom. Toe hy soos 'n kind begin snik, druk sy hom stywer vas. Hy weet nie wanneer laas hy so naby iemand was nie.

Toe hy bedaar, verslap haar greep.

Kosie maak hom los van haar. "Dankie," sê hy en kyk af in haar gesig.

Sy is mooi, dink hy. Hy staan 'n entjie terug van haar. Sy draai om.

"Wag, wag. Wat is jou naam?"

Sy draai terug. "Jeanne," sê sy. "Jeanne le Roux."

Kosie het sy ma se begrafnis haarfyn gereël. Die kis is uit Knysna laat kom en met satyn uitgevoer. Die doodskleed het hy uit Johannesburg laat kom.

Die dag met die begrafnis is die kerk nie baie vol nie. Net

die mense wat sy ma geken het en die Steyns kom hul laaste eer betoon.

'n Paar dae na die begrafnis is hy by die prokureur op die dorp. Sy ma het nie 'n groot boedel nie, maar sy het twee lewenspolisse gehad. Een het Jochem Gericke nog betaal as deel van die egskeidingsooreenkoms en die ander het sy ma self betaal. Kosie het niks hiervan geweet nie. Hy weet nie eens mooi wanneer sy ma-hulle geskei is nie. Sy het nie daaroor gepraat nie.

"Die opbrengs van die polisse sal ongeveer tweehonderd en vyftig duisend rand beloop."

Kosie is verstom. Dit is 'n klomp geld.

Die aand bespreek hy sy planne met oom Maans.

"Oom Maans, ek het 'n paar rand weggesit en die prokureur sê dat ek nog 'n kwartmiljoen rand uit my ma se boedel gaan erf. Ek wil grond koop. Ek wil twee van Oom se plase koop. Die een betaal ek kontant en die ander een betaal ek af."

"Nee, dis reg so, Kosie. Ons moet prokureur toe gaan."

"Maar na wie toe, oom Maans? Ek het nie veel sin in die een wat my ma se testament hanteer het nie."

"Jaco Malan. Sy kop is reg op sy lyf aangeskroef."

"O ja, ek onthou hom. Dominee Malan se seun."

"Einste, einste."

"Ek is bly om jou te sien, Kosie. Laas toe ons gepraat het, was ons op skool." Jaco glimlag vir Kosie.

"Ja, Jaco, dit is ook al 'n paar jaar terug, nè?"

Hulle bespreek die transaksie.

"Dit sal so drie weke duur voor die transport in jou naam geregistreer is," sê Jaco voor hulle groet.

Kosie is in die sewende hemel. Hy het sy eie plase. Hy maak verskoning by oom Maans en stap vir die eerste keer in 'n lang tyd weer by die dorp se hotel in.

"Ek koop vir almal 'n dop," sê hy toe hy by die kroegtoonbank gaan sit.

"Wat vier ons, Kosie?" kom 'n stem uit die hoek.

"Ek het my eerste twee plase gekoop," sê Kosie en vat 'n lang teug aan sy bier.

"Geluk, Kosie, man," klink die stemme in die kroeg op.

Hy sit terug en slaan sy bier met een teug weg. Terwyl hy sy glas na die kroegman toe skuif, sê hy: "Nog een. Vir almal."

"Ja-nee," hoor hy agter hom. "Dit lyk of hy nes sy oukêrel kan swael."

Kosie voel die bloed na sy kop styg. Hy swaai om. Toe sy vuis tref, sien hy dis Vaatjie Venter. Vaatjie se groot lyf beweeg nie eers 'n duim nie. Toe ontplof sy vuis op Kosie se mond. Die bloed spuit soos 'n waaier voor sy oë verby en hy val.

"Hier kyk ons voor ons slaat, kleintjie," sê Vaatjie bo-oor hom terwyl hy Kosie aan sy kraag optel en op sy stoel terug sit. "Gee hom 'n bramfientjie. Vir die skok." Vaatjie knipoog vir die kroegman.

Kosie wieg op sy stoel terwyl sy ore suis. Daar is 'n gedempte gelag in die kroeg. Hy voel dieselfde magteloosheid as wat hy teenoor Jochem gevoel het. Hy sien hoe Vaatjie twee bottels brandewyn vat, die proppe afdraai, op die grond gooi en met sy nommer veertien-velskoen plattrap. Hy hou een na Kosie uit.

"Kom drink nou saam met die grootmense, kleintjie," sê hy terwyl hy 'n lang teug aan sy eie bottel vat. Sy klein ogies kyk spottend na Kosie.

Kosie voel hy word yskoud. Hy vat die bottel by Vaatjie en draai dit stadig om sodat die brandewyn op die vloer uitloop. Dit word stil in die kroeg. Vaatjie laat sak sy bottel en kyk vol ongeloof na Kosie. Toe die bottel leeg is, sit Kosie dit op die kroegtoonbank neer, staan op en loop uit.

Toe hy in sy bakkie sit en in die spieël kyk, sien hy die skade aan sy mond. Sy bolip is oopgekloof en die res van sy mond lyk soos 'n half afgeblaasde ballon. Dit voel in elk geval of iemand 'n lemoen tussen sy lippe en tandvleis ingedruk het.

Hy ry hospitaal toe. By die ongevalletoonbank is daar niemand nie en hy lui die klokkie. 'n Kop verskyn om die hoek.

Dit is Jeanne le Roux. Kosie draai intuïtief sy kop weg van haar.

"Waarin het jy vasgeloop?" vra sy.

"Hallo," is al wat hy kan uitkry. Sy mond is in elk geval te seer om te verduidelik.

"Kom saam, dan kyk ek gou," beduie sy.

Hy gaan 'n ondersoekkamer binne. "Sit solank, ek is nou by jou," gaan sy rustig voort. Hy gaan sit in 'n stoel. Sy buk oor hom en bekyk sy mond van naby. Kosie ruik haar parfuum en hy voel opeens hartseer. Hy dink aan sy ma en hy moet op sy tande byt om nie te begin huil nie.

"Mmm," sê sy. "Jy sal moet wag vir die dokter. Jy moet steke kry, maar ek mag nie die verdowingsmiddel vir jou gee nie."

"Kan jy die steke insit?"

"Ja, ek kan, maar ek kan jou nie doodspuit nie. Daarvoor moet ek vir die dokter wag. In elk geval werk ek eintlik net vakansies hier. Ek swot nog. Ek is nie veronderstel om hierdie goed te doen nie." Sy begin omdraai.

"Sit die steke in sonder die doodspuit."

Sy kyk hom verbaas aan.

Kosie is self verbaas, maar hy wil nie hê sy moet weggaan nie. "Dit sal in elk geval nie seer wees as jý dit doen nie," kry hy uit.

"Jong, laas het jy maar erg tekere gegaan," spot sy, maar toe byt sy haar lip van spyt. Hy kyk weg. "Ekskuus..." Sy kom nader en gee sy hand 'n drukkie. "Ekskuus, ek het dit nie so bedoel nie."

Kosie kyk op na haar. Hy sien weer haar mooi bruin oë en haar blink bruin hare wat agter haar mooi ore ingedruk is.

"Is jy seker? Oor die steke, meen ek?"

"Ja." Sy stem is skor.

"Nou goed, ek kry solank alles reg." Sy verdwyn in die gang af. Na 'n rukkie kom sy terug met 'n skinkbord vol goed. "Lê op die bed, anders gaan ek my rug breek as ek so oor jou moet buk."

Hy gaan lê op die bed. Sy bring 'n hoë stoeltjie nader en sit dit langs die bed.

"Ek moet die wond eers skoonmaak en dit gaan 'n bietjie brand." Sy glimlag af na hom.

Sy kom nader en Kosie voel haar asem op sy wang toe sy liggies met 'n watte aan sy lippe raak. Die pyn is onmiddellik. Hy knyp sy oë toe en voel hoe sy verder liggies skoonmaak.

"Die goed wat ek gebruik, sal die vel so 'n bietjie verdoof," praat sy reg by sy oor.

Hy maak sy oë oop. Haar gesig is by syne. Hy kyk na haar mond. Dit lyk so sag. Haar neus is reguit met fyn sproete op.

"Nou moet jy vasbyt en sê as ek moet ophou," praat sy weer teen sy oor, hierdie keer sagter.

Kosie knyp maar weer sy oë toe. Hy voel die naald en die garing deur sy vel gaan en hoe sy dit knoop. Dit is glad nie so seer as wat hy verwag het nie. Die tweede steek is egter op 'n senuwee en die pyn snel deur sy lip. Hy gryp iets vas. Met die maak van die knoop pluk sy om dit stywer te maak en hy kan nie die skree keer nie.

"So nou ... so nou," sê sy saggies by sy oor.

Sy vee met 'n nat lappie oor sy voorkop. Hy kom nou eers agter dis papnat gesweet. Hy ontspan effens.

"Nou vir die laaste twee."

Dit is minder seer, maar nie soveel minder dat Kosie nie skree nie.

"So ja, dit is nou klaar."

Haar stem is 'n bietjie verder weg en harder. Kosie maak sy oë oop en kyk na haar. Hy probeer glimlag, maar dit wil nie werk nie.

Sy buk af na sy oor toe. "Jy kan nou maar my been los," sê sy sag.

Toe besef hy eers dat dit wat hy vasgegryp het, haar been net bokant haar knie was. Hy voel hy word bloedrooi en vat sy hand vinnig weg.

Sy lag hardop en sit haar hand sag op sy skouer. "Bly so 'n rukkie lê, Kosie, ek gaan vir jou water bring."

Sy naam klink so wonderlik toe sy dit sê. Toe sy die water bring, kom hy regop. Hy kyk na haar terwyl sy opruim en skrik toe sy skielik praat.

"Jy moet oor vyf dae kom dat ek die steke kan uithaal."

Hy knik en staan op. "Dankie." Hy hou sy hand na haar uit.

Dit is eers die volgende dag dat hy daarin slaag om die gedagtes aan haar doelbewus hok te slaan nadat hy homself die soveelste keer betrap het dat hy 'n denkbeeldige gesprek met haar voer.

Toe hy die steke laat uithaal, is sy nie aan diens nie.

Drie weke later kry hy 'n oproep van Jaco Malan af dat die transport deur is. Net so sonder seremonie, dink Kosie. Al die jare se beplanning en werk vir sy eie plase en dan is daar bloot 'n telefoonoproep wat bevestig dat jy nou 'n plaas het.

Hy moet darem iets daarvan maak, maar die dorp se kroeg is nie die plek om fees te vier nie, weet hy nou.

Hy hou voor die hospitaal stil en stap in. Jeanne is aan diens.

"Hallo," groet hy. Sy kyk op en glimlag. "Hoe laat gaan jy van diens af?"

"Sewe-uur vanaand wanneer die nagsuster aan diens kom. Hoekom?" vra sy.

"Ek wil iets vier."

"Vra jy my uit op 'n *date*, Kosie Gericke?" Sy lyk ernstiger.

"E ..." Hy voel verleë. "Ja ... mmm ... nee." Hy sien die teleurstelling in haar oë. "Ek het 'n plaas gekoop en ek wil dit graag vir iemand wys," praat hy vinnig verder. "Iemand ... e ... spesiaals." Teen hierdie tyd is sy gesig al vuurwarm.

"Dit is reg, maar hoe gaan jy my die plaas in die aand wys?" vra sy en pruil effens.

"Kan jy halfagt op die plaas wees?" Hy klink vir homself nou amper angstig.

"Eerder agtuur. Ek moet nog bad en aantrek."

Hy verduidelik vir haar hoe om op die plaas te kom en vertrek haastig. Daar is nog heelwat om voor te berei.

Teen sewe-uur is hy klaar met al die voorbereidings en hy spring onder die stort in. Halfagt gaan hy uit en steek twee fakkels langs die stoep van die plaashuis aan. Teen agtuur is hy al ongeduldig, maar toe sien hy die ligte van 'n voertuig in die pad af kom. Hy gaan staan op die stoep toe sy voor die deur stilhou en uitklim.

"Welkom op Flinkfontein," groet hy gulhartig. Sy het 'n langbroek en kortmouhemp aan en is liggies gegrimeer. Hy ruik 'n soet parfuum toe sy naby is. Sy lyk vir hom nog mooier as in haar uniform.

"Dus is dit nou die blyplek van die skaam Kosie Gericke," sê sy en glimlag op na hom toe.

"Ja, kom ons ry. Ek kry net gou die goed." Hy is nou werklik skaam en verdwyn vinnig die huis in.

Toe hy uitgestap kom met die .30-06 in sy hand, vra sy: "En dit?" Sy wys na die geweer. "Is daar gevaar op jou nuwe plaas?"

"Nee," lag Kosie en daarmee pluk hy die slot oop. Hy wys die geweer in die lug terwyl hy die sneller trek. Die skoot laat haar ruk van die skrik en sy slaan haar hande om haar ore.

"Is jy mal!" Haar stem is hard en hy sien dat sy geskrik het.

"Nee," sê hy en sit sy arm om haar skouers. "Ek gee net 'n teken."

Hulle stap na sy bakkie toe terwyl sy arm nog om haar skouers is. Hy sit die geweer agter die sitplek in en sy kyk vraend na hom. "Indien ons dalk 'n jakkals kry," antwoord hy haar gerusstellend.

Hulle ry die bultjie agter die huis uit en voor hulle op die kruin kom, sê hy: "Maak jou oë toe."

'n Entjie verder hou hy stil, klim uit, stap om die bakkie en maak die deur oop. Hy vat haar aan haar hand en stap 'n paar treë voor die bakkie uit. "Nou kan jy jou oë oopmaak." Sy trek haar asem in. Voor hulle oor die vlakte is daar elke vierhonderd meter 'n groot vuur. Dit lyk soos reusefakkels wat die hele plaas verlig. "Daardie twee vure is die grens, dan sit die lande daar en die veld kom so hier af," beduie hy.

"Hoe het jy die vure so gekry?"

"Ag, dit is maar die oliebome wat ons elke jaar uithaal en op hope gooi. Ek het die hope vanmiddag net eweredig versprei."

Hulle staan en luister hoe die naaste vure knetter.

"Is jy nie bang die hele plek raak aan die brand nie?"

"Nee, ek het 'n kol om elke stapel goed nat gespuit sodat die vuur nie versprei nie."

Sy draai haar gesig na hom. "En die geweerskoot was sodat die werkers die vure aansteek."

"Ja," sê hy trots.

"Spesiaal net vir my?" Haar stem is sag.

Kosie kyk af grond toe en skop aan 'n graspol. Uiteindelik kry hy die moed om na haar te kyk.

"Ek wou dit graag vir iemand wys," is al wat hy kon uitkry. Hy draai om en haal die kombers en mandjie af wat hy vroeër sorgvuldig agter op die bakkie gelaai het. Hy gooi die kombers oop en gaan sit. "Kom sit."

Sy kom sit kruisbeen langs hom terwyl hy die kos uit die mandjie haal. Sy bly doodstil en praat eers weer toe hy die bottel wyn oopmaak en vir haar 'n glasie aanbied.

"Vertel my die storie van Kosie Gericke," sê sy terwyl sy oor die glas in sy oë kyk.

"Ek…" Hy trek sy skouers effens op. "Daar is niks om te vertel nie." Hy dwing 'n glimlag na haar kant toe.

Sy gaan sit op haar knieë en vat albei sy hande vas. Haar gesig is naby syne. "Kosie, jy kan nie vir my sê jy het al hierdie moeite gedoen net om dit vir iemand te wys nie. Toe jy dit vanmiddag gedoen het, het jy geweet dit is ek wat kom vanaand, nie enigiemand nie. Ek weet jy het dit vir my gedoen, maar jy moet dit kan erken, aan jouself ook."

Kosie se mond is nou droog. Hy voel vasgedruk. Hy ruk sy hande los van haar. Sy kyk pleitend na hom. Hy staan op en stap weg tot by die naaste vuur. Daar gaan hurk hy, tel stukkies droë olieboomtakkies op en gooi dit die een na die ander in die vuur.

Sy kom hurk langs hom terwyl sy haar arm om sy rug sit en haar kop op sy skouer laat rus. "Kosie…"

Die verhouding tussen hulle vorder soos dit begin het: met rukke en stote. Kosie is ongemaklik oor die idee van 'n verbintenis en weke gaan verby sonder dat hulle mekaar sien.

Hy wy weer eens al sy aandag en energie aan sy boerdery en veilings. Hy het gou 'n reputasie gekry as 'n gedugte bieër by die veilings. As dit by veilings kom, het hy 'n verbete tegniek. Hy bie op die eerste kraal beeste totdat die bod op hom toegeslaan word, ongeag wat die prys is. Jy moet natuurlik genoeg geld hê daarvoor, want die bod kan regtig hoog raak. Dit laat die toevallige bieërs skrik en dan neem hulle nie verder aan die veiling deel nie. Dan bly net die slagters en die spekulante oor. Met die tweede kraal jaag hy die prys op, maar sorg dat die bod nie op hom toegeslaan word nie. Hy weet tot waar om die prys te jaag, want hy het met die eerste kraal gesien wie tot op watter prys bie. So twee derdes deur die veiling het die spekulante en slagters hulle kwota vol gekoop en dan tel hy die res teen 'n appel en 'n ei op. As iemand probeer om hom na te boots, stap hy na die man toe en vinnig kom hulle ooreen om die bieëry tussen hulle te verdeel. As die man nie instem nie, jaag Kosie hom met elke kraal op, maar sorg dat die bod elke keer op die ander man toegeslaan word. Almal weet nou al jy bie nie teen Kosie Gericke nie.

Teen die einde van daardie jaar hoor Kosie in die koöperasie 'n gesprek wat hom sy ore laat spits.

"Ek hoor die Landbank gaan Jochem Gericke se verband oproep."

"Ek wonder wat gaan hy hierdie keer doen."

"Hy sal seker weer uitstel kry en dan maar 'n paar klippies in die hande kry."

Kosie ry reguit na Jaco Malan toe.

"Wat kan ek doen om die grond in die hande te kry?"

"Ons moet met die Landbank onderhandel. Ons moet uitvind hoeveel skuld hy en die Landbank dadelik 'n aanbod maak. As die Landbank weet hulle skuld sal gedelg word, sal hulle die verband oproep en dan die grond aan jou verkoop."

Kosie is stomgeslaan. "So maklik?"

"Ja," antwoord Jaco.

"Maar daar moet 'n vangplek wees. Dit kan mos nie so maklik wees nie."

"Kyk, Kosie," sê Jaco sagter en op 'n vertroulike trant. "Dit werk eintlik so: Daar is 'n amptenaar by die bank wat ek elke maand 'n ou ietsie gee. Hy laat weet my wie in die distrik agterstallig is met sy paaiemente. Ek nader dan van die boere wat ek weet in die grond sal belang stel. Ons maak 'n aanbod en die amptenaar roep dan die verband op. Daar is sekere stappe wat hy moet volg, maar teen 'n sekere bedrag raak van die papiere in die pos weg, ensovoorts. Die ou wat agterstallig is, het in elk geval nie die geld om die saak van die Landbank teen te staan nie, want die Landbank laat weet ook die gewone bank en die ou se oortrokke fasiliteit word dan ook sonder meer gevries. Dit kan gereël word. Wanneer die transaksie deur is, kry die amptenaar nog 'n bedraggie vir sy werk." Jaco knipoog.

"Jy weet dus alreeds van Jochem Gericke se grond."

"Ja, ek weet, en ek het reeds vir Daan de Wet laat weet, maar ek sal met hom praat. Ek wil jou graag help."

"Kan jy dit met enigiemand so doen?"

"Ja, mits hy agterstallig raak by die Landbank."

"Nou ja, stel die aanbod op, ek sal teken. Jy verdien seker ook 'n kommissie hieruit?"

"Natuurlik. Sit sommer, die papierwerk is gou," sê Jaco en Kosie weet dat die prosedure al baie in hierdie kantoor bespreek is.

Toe Kosie opstaan, voel hy dat hy nou die verborge magswêreld betree het wat tot dusver vir hom geslote was.

"As Vaatjie Venter ooit agterstallig raak, sal ek graag wil weet."

'n Paar weke later laat weet Jaco Malan dat die transaksie goedgekeur is en dat Kosie die eerste van die volgende maand okkupasie kan neem.

Die oggend van die eerste dag ry Kosie Erfdeel toe. Langs hom op die sitplek lê 'n naambord. In swart letters op 'n rooi agtergrond staan: *Kosie Gericke – Erfdeel*.

Hy hou stil by die indraaipad waar hy dertien jaar tevore in die taxi geklim het. By die hek staan die bordjie wat sê: *Jochem Gericke – Erfdeel*.

Kosie haal sy geweer agter die sitplek van sy bakkie uit. Hy lê aan en skiet die vier ringe waaraan die bordjie hang een vir een af totdat die naambordjie op die grond neerplof. Toe hang hy sy eie naambord op.

Hy ry na die huis toe. Alles is meer vervalle as wat hy kan onthou. Die meubelwa staan nog voor die huis, maar dit lyk asof dit klaar gelaai is. Kosie klim uit en stap met die trappe op.

Op daardie oomblik kom Jochem Gericke by die voordeur uit. Hy steek was toe hy Kosie sien.

"Wat maak jy hier?" kraak Jochem se stem.

Kosie ruik die drank op sy asem. Die jare se gesuip lê nou in diep spore op sy gesig. Kosie kyk hom smalend aan.

"Jy onthou nie, nè?"

"Ek onthou nie wát nie?"

"Jy onthou nie wat ek jou dertien jaar gelede hier op die trap gesê het nie."

"Nee, ek onthou nie, en ek stel nie belang om te onthou nie. Maak dat jy wegkom!"

Kosie tree vorentoe en gryp hom met albei hande aan die hempskraag. "Ek het jou belowe dat ek hierdie plaas sal besit en al die plase hier rondom jou." Kosie sis die woorde uit. "Ek is vandag hier om jou hier weg te jaag, Jochem Gericke!" Kosie stamp hom teen die stoepmuur vas.

Jochem is spierwit van woede, maar hy herwin sy ewewig. "O, dis jý wat met Malan geknoei het om die grond te kry! Nou ja, kyk of jy geluk hier kan vind, Kosie Gericke, want ek het 'n vloek uitgespreek oor die persoon wat hier gekoop het." Met dié storm Jochem by hom verby na die lorrie toe.

Kosie lag hard uit sy keel uit. "Voertsek, Jochem Gericke! Voertsek tot in jou malle verstand in!" skreeu hy. Hy draai om en stap die leë huis binne.

Terwyl hy stadig deur die huis stap, herleef hy in sy gedagte hoe dit was toe hy nog hier gebly het. Hy gaan lê op sy rug op die sitkamer se vloer. Vir die eerste keer in 'n lang ruk voel hy tevrede. Hy is weer by die huis. Die trane begin oor sy wange rol en hy wens dat sy ma nog geleef het sodat hy haar kon terugbring. Hy staan op en stap na die telefoon toe. Gelukkig is dit nog nie ontkoppel nie. Hy bel hospitaal toe.

"Is Jeanne le Roux al daar vir die vakansiewerk?"
"Dis ek, Kosie."
"Jeanne, trou met my."
"Nie so oor die telefoon nie, Kosie Gericke. Kom vra my ordentlik."

Jeanne het gou swanger geraak. Die kind is gebore, 'n seuntjie. Hulle het lank getob oor 'n naam vir die kind. Kosie kon nie sy pa vernoem nie, maar hy het nie sin daarin gehad om Jeanne se pa te vernoem nie. Die kind word toe ook Kosie genoem. Hy lyk ook nes sy pa.

Kosie neem hom oral saam, ook wanneer hy lande toe gaan of met die beeste werk. Klein Kosie kon Pappa sê voor hy kon Mamma sê. Wanneer hy na sy seuntjie kyk, is Kosie opnuut verbaas daaroor dat Jochem sy eie vlees en bloed net so van die plaas af weggejaag het. Hy is oortuig dat hy en Klein Kosie 'n vaste band sal hê.

Oom Maans is intussen oorlede en met Jaco se hulp het Kosie gou die grond van tannie Estelle gekoop. Die oproep oor Vaatjie Venter se grond kom kort daarna. Die oorneem van die plaas word op dieselfde wyse as Jochem Gericke se Landbank-verband hanteer.

Uit sy eie rekords en syfers word Kosie een ding wys: Dit is slegs mielies wat in 'n sekere tyd in November geplant word wat 'n goeie opbrengs lewer. Die res is net 'n vermorsing van tyd.

Een middag stap hy by die Ford-handelaar in.
"Ek wil vyftig trekkers met ploeë en planters hê. Voor November."
"Vyftig trekkers?" Die verkoopsmannetjie kan sy ore nie glo nie. "Ek sal eers moet uitvind of ons so 'n groot bestelling kan aflewer."
"Kyk man, as dit te veel is vir julle, sê net so. Ek is seker ek sal 'n ander handelaar kry wat oor sy voete sal val vir so 'n transaksie. En so terloops: Wat is jou naam?"
"Koos, Meneer. Koos Nienaber."
"En hoe oud is jy?"

"Ek het nou net twintig geword."

"Nou ja, Koos Nienaber, kan jy my help?"

"Ja, meneer Gericke, ek is seker dat ons dit kan doen. Sit so 'n bietjie, dan maak ek net 'n paar oproepe. Gaan u koffie of tee neem, meneer Gericke?"

"Koffie."

"Hier is die brosjures van die trekkers. U sal merk dat almal nou kragstuur het." Die verkoopsman stop 'n glansbrosjure in Kosie se hand en begin verbete rondbel op soek na vyftig Ford-trekkers. Kosie luister met 'n halwe oor hoe die verkoopsman probeer om sy eweknieë te oortuig dat hy nie grappies maak nie. Na 'n uur en vele oproepe rapporteer die verkoopsman dat hy net een en veertig trekkers in die hande kan kry, dan is die hele Vrystaat leeg gekoop.

Kosie skud sy kop. "Vyftig, of ek koop nie."

Die verkoopsman begin weer bel. Die sweet pêrel op sy voorkop. Intussen kom loer die bestuurder in en maak geselsies met Kosie. Nie te lank daarna nie, of die verkoopsman verklaar dat hy nog gekry het, maar dat dit nie voor November afgelewer kan word nie. Kosie skud net sy kop.

"Wat van die vyf trekkers wat Daan de Wet bestel het?" wil die bestuurder van die verkoopsman weet.

"Ja, Meneer, hulle word volgende maand afgelewer en hulle is klaar betaal."

"Bel meneer De Wet en sê vir hom daar is 'n vertraging met die besending en bel die fabriek en sê hulle moet dit dadelik stuur." Die bestuurder lyk selfversekerd.

"Dan is dit reg so. En ek wil almal gelyk op dieselfde dag op die plaas hê." Kosie staan op en stap uit.

'n Paar weke later laat weet Koos Nienaber dat hulle die trekkers op die eerste November sal aflewer.

"Ek het ook gereël met die verkeersdepartement, want vyftig trekkers sal 'n verkeersknoop op die pad veroorsaak," voeg hy by.

'n Spektakel, dink Kosie. Hy sal die distrik 'n spektakel laat aanskou.

Jeanne is nie ingenome toe hy haar vertel nie.

"Dit is *common*, Kosie. Jy wil die mense in die distrik net wys dat jy nie meer die seuntjie is wat deur sy pa van die plaas af weggejaag is nie."

"Ek doen dit om ekonomiese redes en dit het niks met my pa te make nie."

"Ek sal beter voel as jy eerder jou tyd aan organisasies bestee as om die distrik te wys hoe gesond jou bankbalans is."

"Organisasies is 'n mors van tyd en die bymekaarkomplek van sukkelaars!"

Op die eerste November het Kosie alles gereed. Hy huur ekstra hulp en verduidelik presies hoe hulle in twee moet verdeel nadat hulle die eerste draai vat: vyf en twintig regs en vyf en twintig links. Die land wat geploeg moet word, is teen die teerpad.

Opgewonde smeek hy Jeanne om saam te gaan.

"Klein Kosie is olik en ek wil hom nie by al die stof hê nie," is haar verskoning.

Kosie tel die seuntjie op en voel dat hy effens koorsig is.

"Laat Liesbet na hom kyk. Dit is net vir 'n paar uur. En jy gaan self een van die dae daardie trekker bestuur, hoor!" Hy kielie die kleintjie.

"Pappa saamgaan," sê Klein Kosie terwyl hy sy arms om sy pa sit.

"Nee, kom kyk, Liesbet het lekker pap gemaak," sê Kosie en gee Klein Kosie aan Liesbet.

Toe Kosie en Jeanne by die lande aankom, is daar 'n gewerskaf om die ploeë reg te kry. Die vyftig trekkers staan in een lang ry teen die draad by die pad. Daar het reeds bakkies op die teerpad stilgehou, want die storie het versprei. Ná 'n rukkie gee Kosie die teken en vyftig dieselenjins word aangeskakel. Gelyk laat sak die werkers die ploeë in die grond en trek die enjins oop. Die lawaai is oorverdowend.

Kosie ril van lekkerkry wanneer die reuk van vars geploegde grond sy neus bereik. Hy kyk met genoeë hoe elke vierskaarploeg die grond omdolwe en gevolg word deur die een agter hom wat presies dieselfde doen. By die anderkantste punt draai vyf en twintig links en vyf en twintig regs en gaan hulle weer gelyk die land binne. Die grond tril onder Kosie soos die trekkers weer nader kom. Hy kyk om en sien dat daar 'n stuk of veertig mense langs die pad staan en kyk. Laat hulle maar kyk, dink hy.

Na 'n uur of so is die land klaar geploeg en Kosie beduie die vloot na die volgende land toe.

"Baas Kosie, baas Kosie, kom in!" skreeu 'n stem oor Kosie se tweerigtingradio in die bakkie.

"Ja, Mapetla, wat is dit?" Kosie is ergerlik.

"Hier was 'n ongeluk! Dis die kleinbasie, baas Kosie, jy moet dadelik kom!"

"Wat is dit, Malebo?" skreeu Kosie terug terwyl hy die bakkie aanskakel en met 'n vaart terugjaag huis toe, maar die radio is stil. "Mapetla, Mapetla, kom in!" probeer Kosie.

Hulle hou voor die huis stil en sien die paar mense in 'n kringetjie by die stoor. Kosie hardloop soontoe sonder om 'n woord te sê. Op die grond lê Klein Kosie.

Hy is dood, dit weet Kosie alreeds. Hy tel hom versigtig op en draai terug huis toe.

"Ek het nie gesien hy speel agter die trekker se wiel nie, baas Kosie." Mapetla se oë is vol trane. Hy gryp Kosie aan die arm. "My baas, asseblief, my baas!"

Kosie ruk hom los. Jeanne sien nou eers wat aangaan. Sy gil en hardloop na hulle toe. Sy wil Klein Kosie uit sy arms haal, maar Kosie druk haar weg.

"Kosie! Nee! Dit kan nie wees nie!" kreun sy dit uit.

Kosie stap met die trappe op en lê die lyfie op die stoeptafel neer. Jeanne buig oor hom terwyl die krete uit haar keel kom. Hy stap binnetoe, gaan haal een van Klein Kosie se kombersies en gooi dit saggies oor hom. Toe gaan bel hy dokter Van Reenen.

Die dokter is binne 'n halfuur daar. Kosie kyk weg toe die kombersie afgehaal word.

Na 'n rukkie kyk dokter Van Reenen op. "Ek sal reël dat hy na die lykshuis geneem word. Ek moet 'n outopsie doen om die oorsaak van dood te bevestig."

Kosie loop tot teen die dokter en bring sy gesig tot teenaan die ouer man s'n.

"'n Trekker het oor hom gery, dit kan jy sekerlik sien." Kosie sis deur sy tande. "Ek gaan hom begrawe. Hiér in hiérdie tuin. Vandág nog."
"Nee, Kosie." Dis Jeanne.
"Hy gaan nie van hierdie plaas af weg nie. As jy hom wegvat, skiet ek jou." Die dokter tree effens terug. "Ek sal dit waardeer as jy hier en nou vir my 'n doodsertifikaat uitskryf." Kosie laat sy oë nie wyk van die dokter s'n nie.

Die dokter gaan sit by die tafel en skryf op 'n stuk papier. Hy los die papier net daar en stap na sy motor.

"Kosie..." hoor hy Jeanne se stem agter hom, maar hy loop weg en gaan haal 'n graaf en 'n pik uit die stoor.

Onder die boom waar hy voëltjies geskiet het die dag toe Jochem Gericke se bywyf daar aangekom het, begin hy grawe. Dit duur 'n hele paar uur voordat die gat diep genoeg is. Tussenin probeer Jeanne met hom praat, maar hy ignoreer haar. Later kom sit sy net langs die graf en huil saggies.

Nadat hy klaar gegrawe het, bring hy 'n baal voer uit die stoor. Hy breek die voer op en rangskik dit netjies onder in die graf. Daarna gaan haal hy Klein Kosie en bring hom na Jeanne toe. Hy trek die kombersie weg van die gesiggie. Jeanne soen hom sag op sy voorkop. Kosie klim stadig met hom die graf in en lê hom saggies op die voer neer. Toe klim hy uit, stap die huis binne en tel die gebreide Afrikanerbeesvel van die vloer af op. Hy sit die vel oor Klein Kosie se lyfie en begin dan die grond met sy hande in die graf gooi. Hy hou aan totdat daar 'n dik laag grond is. Eers dan gebruik hy die graaf om die graf verder toe te gooi.

Dit is al donker. Kosie gaan weer stoor toe en kom 'n ruk later met 'n fakkel uit.

"Hier is genoeg paraffien in om heelnag te brand. Ek en jy sal beurte maak om dit vol te maak en elke nag te laat brand." Hy praat meer met homself as met Jeanne.

Die fakkel maak skaduwees op die hopie grond. Kosie neem Jeanne aan haar hand en druk haar styf teen hom vas. Sy begin opnuut snik.

Na 'n rukkie kyk sy op na hom. "Kosie, jy huil nie." Daar is nie 'n beskuldiging in haar stem nie.

◎ ◎ ◎

"Baas Jaco?"

Jaco skrik vir Angelina se stem. Hy het vergeet dat hy haar vroeër laat roep het.

"Angelina..." sê hy nadat hy haar gevra het om by sy lessenaar te kom sit. Hy slaan oor na Sotho en verduidelik die emigrasieplanne. Haar oë word dowwer terwyl Jaco praat.

Die knop in sy keel wil nie weggaan nie. Sy werk al twintig jaar vir hulle en sy het die kinders grootgemaak.

"Waarnatoe sal ek gaan, baas Jaco?"

Hulle kyk mekaar stom oor die lessenaar aan.

Jaco sit nog lank agter sy lessenaar nadat Angelina weg is. Hy staan op en kyk na die boeke in die groot boekrak in sy studeerkamer. Die Engelse boeke sal hy alles inpak. Sy oë gaan oor die Afrikaanse boeke. Wat gaan hy met die biografie van Gerrit Maritz maak? Sy eie kinders weet nie eers meer mooi wie dit was nie. Die Hertzogtoesprake is ses volumes. Wat gaan hy daar oorkant daarmee maak? Afrikaner-Volkseenheid deur D.F. Malan. Suid-Afrikaanse geslagsregisters deur J.A. Heese en R.T.J. Lombard. Die ontwikkeling van die politieke denke van die Afrikaner, agt volumes van G.D. Scholtz. Jaco skud sy kop terwyl hy van titel na titel beweeg. De Strijd tussen Boer en Brit van generaal C.R. de Wet. Jaco het nog 'n eerste druk wat hy by sy pa geërf het. Wat maak jy met hierdie boeke? wonder hy. Wie gaan dit daar lees? Die kinders gaan daardie land se identiteit aanneem. Hy kan dit hier vir 'n biblioteek los. Die personeel sal dit seker nie eers uitpak nie.

Hy gaan sit weer op die vloer en haal die tweede lêer uit. Dit is dun. Op die lêer staan: Kobus Odendaal – aanranding. Jaco vat onwillekeurig aan 'n merkie onder sy ken.

◎ ◎ ◎

Kobus Odendaal

"Voet," sê Kobus Odendaal en die Arabierhings lig sy voorpoot op en knak sy knie. Kobus vat die hoefyster, sit agt spykers in sy mond en vat die beslaanhamer in sy regterhand. Hy sit die perd se been van agter tussen sy eie bene deur en knyp sy knieë teen mekaar sodat die perd se been daarop rus terwyl hy vooroor buk. Die perd se hoef is nou na bo gedraai en hy sit die yster met sy linkerhand op die hoef. Die hoefyster pas perfek op die hoef nadat Kobus dit met die rasper gelyk gevyl het.

Die reuk van die muis kom in sy neusvleuels op. Dit ruik soos 'n ou osvel wat vir maande in die dam gelê het om sag te word, maar vir elke perdeliefhebber is dit deel van die reuk van 'n perd. Dit maak jou nie naar nie.

Hy haal met sy regterhand 'n spyker uit sy mond en plaas dit in die tweede gaatjie van die linkerkantse ovaal van die hoefyster. Met sy linkerhand hou hy die spyker vas terwyl hy met die buitekant van sy palm nog steeds die hoefyster teen die hoef vasdruk. Hy lig sy regterhand met die hamer effens op en tik-tik op die spyker sodat dit 'n klein entjie in die hoef indring. Dan haal hy nog 'n spyker uit sy mond en plaas dit in die ooreenstemmende gaatjie in die regterkantse ovaal van die yster. Hy tik-tik totdat dit effens vas is. Die koppe van die spykers word so 'n bietjie na die binnekant van die hoef gedruk sodat dit teen 'n klein hoek die hoef sal binnedring en dan aan die buitekant sal uitkom. Hy tik-tik weer op die spykers, ewe veel aan elke kant sodat die spykers al dieper die hoef binnedring. Jy moet versigtig wees, want jy het net een kans. As die spyker skeef ingaan, dan sit die gaatjie soos 'n tonnel daar en sal elke spyker agterna dieselfde pad volg.

Hy tik-tik weer aan elke spyker en meet met sy oog die hoek waarteen dit beweeg.

Wanneer die spykers op presies die regte afstand aan die buitekant van die hoef verskyn, slaan hy met een hou elke spykerkop teen die hoefyster vas sodat die punt van die spyker so 'n duim aan die buitekant van die hoef uitsteek. Hy buig die spykers om sodat dit 'n hoek van negentig grade met die buitekant van die hoef maak. Daarna plaas hy die V van die hamer oor die spyker en begin dit in die rondte draai sodat die spykerpunt afbreek, net so 'n aks buite die hoef.

Hy plaas die perd se poot terug op die grond en vyl reg teen en onder die spyker gelyk. Toe tik hy die afgebreekte spykerpunt nog verder om met die hamer sodat dit as 't ware haak oor die gedeelte wat hy reguit gevyl het. Nadat hy al vier die hoewe beslaan het, neem Kobus die potjie Stockholm-teer en verf op elke hoef 'n dik laag van die taai goed.

"So ja, Raka, nou is jou nuwe skoene aan." Hy streel die perd liefderik oor die neus.

Hy is papnat gesweet. Perde beslaan is harde werk. Hy lei die perd na die hek waar die toom en saal oor die houtbalk lê, sit die toom aan en saal die perd op. "Nou moet ons kyk of ek ordentlike werk gedoen het." Hy bestyg die perd, druk sy knieë mooi vas en gee die perd 'n kap in die lieste. Die hings spring dadelik vorentoe en is binne 'n paar sekondes op volle galop. Kobus lag hardop en hits die hings nog aan. Voor hom lê 'n kilometer plaaspad waarlangs hy voluit kan jaag. As een van die ysters nie ordentlik vas is nie, sal dit nou afval.

Die wind waai oor Kobus se gesig. Dit bly vir hom een van die lekkerste ervarings wat daar is – in volle vaart bo-op 'n perd. Hy trek die hings in en klim af. Toe tel hy al die pote een vir een op en kyk of al die ysters nog mooi vas is.

Hy klim weer op en ry rustig verder. Die berge toring hoog bo hom uit. Teen die een bergrant sit sy sandsteenhuis. Dit was harde werk om dit te bou. Hy het die grond by sy pa geërf nadat die plaas in twee gedeel is. Die gedeelte waarop daar nie 'n huis was nie, is syne en sy jonger broer het die gedeelte met die opstal op gekry. Die ou mense het mos geglo dat die jongste kind die opstal moet kry.

Hy het self die nuwe werf uitgelê en 'n klipbouer gekry om die huis te bou. Toe was hy al getroud met Hanna Botha, 'n verlangse niggie van hom. Sy oom Dirk het altyd gesê familie vry die lekkerste. Hulle het nou drie seuns: Klein Kobus, Philip en Dirk, almal twee jaar uitmekaar. Klein Kobus is al sestien.

Kobus ry stadig terug huis toe, want die skemer sak toe. Hy saal Raka af, meng vir hom 'n bak kragvoer en maak hom in sy kampie los. Hy stap by die kombuis in. Hanna staan in die kombuis en kos maak.

"Lekker gery?" vra sy.

"Ja," antwoord hy. "Maar dit is nou effens koelerig." Hy stap deur studeerkamer toe, skink vir hom 'n whisky en stap terug kombuis toe.

"Kobus, asseblief nie vanaand nie. Philip het 'n maatjie hier. Gert van Hans Lombard-hulle. Jy kan nie aan die drink gaan nie." Haar stem is pleitend.

Hy laat sak sy kop en kyk na die whisky in sy hand. Hy weifel 'n oomblik, stap dan na die opwasbak en gooi die whisky daarin af. Toe stap hy na Hanna toe en sit sy arms om haar.

"Net omdat ek so lief is vir jou," sê hy terwyl hy haar in haar nek soen. Sy sit haar arms om sy nek en gee hom 'n stywe druk. Kobus los haar en gaan staan by die venster.

"Ek maak gou vir jou koffie," sê Hanna terwyl sy die ketel aanskakel.

Kobus gaan staan by die venster en dink aan die vorige keer wat hy die whisky gepak het. Dit was wild.

Die aand aan tafel is dit stil totdat Gert vir Kobus vra: "Dink Oom die nuwe predikant gaan iets beteken? My pa sê ou dominee Malan was eintlik goed vir niks en boonop 'n kafferboetie ook."

Kobus glimlag. "Nee, 'n kafferboetie is hy definitief. Dit is eintlik verbasend dat die kerkraad hom nie afgedank het nie. Dit is ouens soos hy wat veroorsaak dat mannetjies soos Steve Biko hulle nekke begin styf maak."

"Wie is Steve Biko, Pa?" Dit is Dirk wat vra.

"Ag, Dirk, dit is maar net 'n swartetjie wat te groot geraak het vir sy skoene en toe het die polisie hom tot ander insigte gebring," antwoord Kobus.

"Maar is hy nie dood nie?" vra Philip.

"Ja, Philip, die polisie het hom doodgeslaan." Dit is Klein Kobus.

"Ag nonsens, Kobus! Glo jy die twak wat die Engelse pers kwytraak? Hy het geval en toe is hy dood. Die polisie is totaal onskuldig."

"Wil iemand nog vleis hê?" probeer Hanna die rigting van die gesprek verander, maar niemand steur hulle aan haar nie.

"My pa sê die Engelse pers gebruik net hierdie ding om die Afrikaners by te kom. Dit is hoekom hulle dit so uitrek. Boonop help die Natte nie veel nie, omdat hulle bang is vir die Engelse pers." Dit is weer Gert.

"Ja, jou pa slaan die spyker op die kop, Gert. Hulle behoort al die Engelse koerante te verban. Hulle maak net dat die swartes nou al hoe astranter raak en meer goed vir hulleself opeis," antwoord Kobus terwyl hy sy bord wegskuif.

"Ek het sjokoladepoeding in die oond," probeer Hanna weer.

"Jippie!" skree Dirk. "Ek sê nou al ek deps dit wat oorbly."

"Ja, broers en susters," sê die nuwe dominee die volgende dag van die preekstoel af, "daar is mense onder ons ou volkie en sekerlik mense in hierdie kerk wat twyfel daaraan dat God die blankes driehonderd jaar gelede met 'n doel hier gevestig het." Dominee Bester lig sy regterhand met die wysvinger na bo.

"Dié doel is om die evangelie aan Afrika te bring en om te heers oor die onderontwikkelde volke van Afrika." Hy laat rus nou albei sy voorarms op die kateder en leun effens vorentoe. "Hierdie volke wat eers met die koms van die blankes die wiel ontdek het nadat dit al duisende jare in Europa in gebruik was, hierdie volke het ons leiding nodig, broers en susters." Hy maak die groot Bybel voor hom oop. "Dit staan ook so geskryf in die Ou Testament: dat die kinders van Gam die waterdraers en houtkappers van die kinders van Sem sal wees. God het Gam vervloek," – sy stem rys effens hoër –

"omdat hy gelag het vir sy pa Noag toe dié dronk was. God het hom vervloek en vir hom gesê hy sal onderdanig wees aan Sem en Jafet, die twee wat sy pa se naaktheid bedek het." Hy kyk weer af na die Bybel. "In Genesis 9 vers 26 en 27 sê die Bybel dat Gam die slaaf van sy broers sal wees."

Hy lig weer sy vinger na bo. "God se toorn was oor die kinders van Gam. Ons weet dat die kinders van Gam Kanaän bewoon het voor die Israeliete se uittog uit Egipte. En kyk net watter verwoesting het God nie oor Kanaän laat spoel nie. God het die kinders van Gam gehaat. En ... en," die vinger lig weer, "... broers en susters, hy het, soos ons dit in ons teksvers lees, die koningskap van Saul weggevat. Nie oor hy die brandoffers gebrand het of oor enige iets anders nie."

Hier bly hy 'n rukkie stil en begin dan stadiger praat. "Dit is omdat hy die koning van die Amalekiete nie doodgemaak het soos die Here hom beveel het nie." Dominee Bester lê nou 'n bietjie agteroor en bly weer 'n rukkie stil. "Dit staan so geskryf, broers en susters. In 1 Samuel 15 sê die Here..." Hy maak sy stem dieper en praat stadig en afgemete. "'Ek is bedroef dat ek Saul koning gemaak het.' Broers en susters, en daar is vir ons 'n les hierin opgesluit." Hy vou sy hande voor hom saam. "Die Here sal die koningskap van die Afrikaner wegvat as hy nie die opdrag van die Here uitvoer nie." Sy stemtoon styg. "Die Here wil hê ons moet heers oor die kinders van Gam. En soms wil die Here hê ons moet hulle met geweld aan ons gesag onderwerp." Hy rek homself langer uit. "Broers en susters, die Here het ons uitgekies om dit te doen." Sy vinger is nou weer in die lug. "Hy het ons hier aan die suidpunt van Afrika geplant met 'n doel. Hy het hierdie land in ons hand gegee."

Weer bly hy 'n rukkie stil en gaan dan met 'n sonore stem voort: "Ons het die grootste mag van die wêreld, die Britse Ryk, getrotseer om hierdie land te behou. Hulle moes ons vrouens en kinders vermoor om dit êrens te laat opteken dat hulle die oorlog gewen het. Maar hulle het nie daardie oorlog gewen nie, broers en susters." Sy vinger swaai heen en weer voor hom. "Ons het as finale oorwinnaars uit daardie stryd getree. Ons het as oorwinnaars uit daardie stryd getree om ons Godgegewe opdrag te kan uitvoer, broers en susters." Sy hande vou weer om die kante van die kateder. "Hy het ons deur al die swaarkry gelei. Ons moet sy wil soek en uitvoer, anders, broers en susters," en nou kyk heen en weer oor die gemeente, "... anders sal hy die koningskap van ons wegneem. Moet nie, broers en susters, toelaat dat God ook sê nie: 'Ek is bedroef omdat ek die Afrikaners hierdie land gegee het'. Amen." Hy knak sy kop op sy bors.

"Ja-nee, die nuwe dominee preek reg. Hy sal dit nog ver bring." Dit is Hans Lombard se mening. Hy, Kobus en Machiel Eksteen staan en gesels na die diens.

"Ja, kêrels, daar is 'n groot plig op ons om die land te behou, maar die mense sien dit nie. Hulle volg net die donderse Natte blindweg." Kobus se stem is heftig.

"Ja, ons moet bymekaarkom en iets begin doen, mense. Dit voel vir my asof ons tyd min word," sê Machiel.

"Maar ons moet nie dom wees nie. Die dominee is aan ons kant. Ons moet net sorg dat almal elke Sondag kerk toe kom, dan sal hy hulle kan oorhaal. Ons moet net julle twee ook op die kerkraad kry, kêrels. Is julle beskikbaar?" praat Kobus geesdriftig.

Hans trap ongemaklik rond.

Hanna kom aangestap. "Ons praat weer," en Kobus draai om en stap haar tegemoet.

"Wat konkel julle drie nou al weer, Kobus?" vra Hanna laggend.

"Nee, ons sê net dat die nuwe dominee se kop reg is," sê Kobus.

"Ons sal nog moet sien," antwoord Hanna effens afgetrokke.

"Ja, ons sal nog sien," sê Kobus gedetermineerd en hulle stap motor toe waar die kinders al wag.

Die aand gaan Kobus deur die lys van al die mense in sy ouderlingswyk. Hy sal begin met dié wat hy weet nie gereelde kerkgangers is nie. Hy bel dominee Bester en maak afsprake vir huisbesoek met die mense.

"Kobus," sê Hanna terwyl sy haar hare uitkam voor hulle bed toe gaan, "ek hou nie van dominee Bester nie. Ek dink nie die goed wat hy praat, is reg nie. Die ding dat ons as blankes ons gesag moet afdwing... Wat my eintlik ontstel, is dat jy dink dis reg."

"Ek dog jy wil hê ek moet by die politiek betrokke raak!" Kobus is 'n bietjie ergerlik.

"Nie met hierdie regse politieke snert nie, Kobus. Dis ou, uitgediende idees. Kyk na die mense wat soos jy praat. Dit is nie die leiers van hierdie gemeenskap nie. Ek skaam my vir hulle."

"Skaam jy jou dan vir my ook?"

Hanna weet sy is nou in 'n hoek. "Kobus, dis nie wat ek bedoel nie."

"Nou wat bedoel jy dan?"

Hanna sug. "Ek bedoel net dat jy versigtig moet wees."

"H'm," sê hy en hy sit die lig af.

"Keer voor!" skreeu Kobus.

Hulle is besig om die kalwers te speen en te brand. Die reuk van 'n houtvuur hang oor die beeskraal. Kobus staan met 'n seekoeisambok en keer die koeie weg van die kalwerkraal. Die beste manier om 'n koei te keer, is 'n akkurate sambokhou op haar neus. Partykeer stop die koei en moet Kobus so vinnig as hy kan drie, vier, vyf houe slaan voor sy besluit om nie haar kalf na die kalwerkraal te volg nie. Soms stop die koei nie en dan moet hy op die kraalmuur spring, onder groot gelag van sy werkers.

Die kalwerkraal is nou vol. "So ja, kom ons spuit en brand eers die spulletjie."

Die kalwers word in die drukgang ingejaag totdat hulle styf teen mekaar staan. Dit gebeur nie maklik nie. Die werkers moet die swepe inlê om hulle aan te hits om in die drukgang in te gaan. Toe die drukgang vol is, word 'n stut agter die laaste kalf se boude gesit sodat hulle nie terug kraal toe kan gaan nie. Kobus neem sy posisie in by die kalfklamp wat reg voor die hek van die drukgang is.

Die drukgang se hek word oopgemaak. Die eerste kalf

blaas deur sy neus. Hy sien die opening, maar hy vertrou nie die vrede nie. Dan loop hy versigtig vorentoe. Op die regte oomblik druk Kobus met sy regterhand die hefboom vir die nekklamp vas terwyl hy met sy linkerhand die hefboom vir die pote vorentoe druk. Die kalf bulk, maar sy nek en pote is stewig vas in die klampe. Dan word die hele bak op sy sy gedraai sodat die kalf plat lê.

"Bulkalf!" skreeu Kobus en Jafta kom nader met die burdizzo.

Die kalf se saadstring word in die burdizzo geplaas en met een knip word dit afgeknip sonder dat die vel beskadig word. Kobus bly verwonderd oor die apparaat. Die kalf maak 'n brulgeluid en probeer skop.

Kobus kyk na die nommer op die plastieketiket in die kalf se oor. "Bring die hoofyster en die vier-en-een!" skreeu hy vir Papi wat die ysters in die vuur warm hou.

Die hoofyster, die een met sy geregistreerde brandmerk, 'n stiebeuel, word ferm teen die kalf se boud vasgedruk. Die yster sis teen die kalf se vel en die kalf se lyf ruk. Die rook staan wolk om die yster. Kobus vat die yster weg en kyk met voldoening na die duidelike stiebeuelmerk op die boud. Die reuk van gebrande vel is nou oorweldigend. Hy vat die numeriese ysters en brand die stamboeknommer langs die stiebeuel in. Die plastieketiket word losgeknip en weggegooi.

"Kom, ou Jan, spuit hom nou," sê Kobus.

Jan lig die vel teen die nek en spuit die entstof vir sponsen miltsiekte. Die bulkalwers word weggehou van die verskalwers af. So gaan hulle deur die hele kraal totdat net 'n paar koeie met kalwers oorbly. Kobus het hulle doelbewus weggekeer, omdat hy van plan is om 'n bulkalf vir hom uit te soek.

"Waar is ou Boelie?" vra Kobus.

Jafta bedui teen die bult op waar Boelie aankom met 'n koei en 'n kalf. Die koei is kreupel, sien Kobus op 'n afstand.

"Kom ons keer die bulkalwers van die koeie af weg," sê Kobus en in 'n ommesientjie staan die ses bulkalwers in die kalwerkraal.

"Môre, baas Kobus," sê Boelie.

"Môre, ou Boelie. Wat makeer die koei?" wil Kobus weet.

"Dit lyk soos die draad wat om die voet is, baas Kobus. Van die strikdraad."

Kobus kyk af na die koei se voorbeen en sien die draad stewig bo die onderste gewrig in die vel insny. Hy voel hoe die bloed na sy kop stoot. Die been se toevoer is klaar afgesny en die koei sal geskiet moet word aangesien sy in elk geval van gangreen sal vrek.

"Wie stel die strikke, ou Boelie?"

Boelie kyk af grond toe. "Ek weet nie, my baas."

Kobus sug. Strikke stel is so oud soos die plaas. Sy pa het ook daarmee gesukkel en om nou onder die werkers in te vlieg, sal niks baat nie.

"Ou Jan, gaan sê vir die mies sy moet vir jou die .30-06 gee. Kom, ou Boelie, kom ons gaan soek die bul vir volgende jaar," sê Kobus en stap na die kalwerkraal.

Die ses jong bulletjies maal onseker rond. Kobus blaai deur die rekords in sy sakboekie. Hy weet presies wie elkeen se ma is. Hy en Boelie soek elke jaar elkeen 'n jong bul uit. Wanneer hulle agt maande later na die koeie toe moet gaan, word die twee bulle teen mekaar opgeweeg. Die wenner kry die koeie en die verloorder gaan slagpale toe. Kobus het baie respek vir Boelie se beeskennis. Die ou man het nog by sy pa gewerk.

"Is ons nou nog gelyk, ou Boelie, of is ek jou een voor?" skerts Kobus.

"Nee, die baas is een voor, maar laas jaar het die baas nie reg gekies nie," antwoord die ou man sonder dat sy gesig enigiets wys.

Kobus weet dat Boelie reg is. Die bul wat laas jaar gewen het, het nie goed geteel nie. Die kalwers is definitief 'n bietjie kleiner.

"Ag nee, ou Boelie, daai bul van jou van laas jaar was 'n trassie gewees. Hy sou nie een koei kon dek nie," maak Kobus ou Boelie se beswaar af.

Boelie antwoord net met 'n kopskud.

Nadat hulle elkeen hulle bulkalf uitgesoek het, sê Kobus: "Laat die ander vier deur die drukgang gaan en sit die kalf van die kreupel koei ook by. Ou Jan, sal jy die brandysters vat? Papi, jy kan spuit. Julle ander kom help slag."

Kobus neem die .30-06 by Jan. Hy korrel op die plek waar die linkerhoring en die regteroog se lyn en die regterhoring en linkeroog se lyn mekaar kruis en trek die sneller. Die koei pluk haar pote reg onder haar in voor sy neerslaan. Die werkers sak op haar toe en twee rieme word om die bene getrek om 'n onverwagte stuiptrekskop te keer. Die ander sny die slagaar oop sodat die bloed uitvloei. Die ander beeste bulk benoud.

Die slagmesse word uitgehaal. Met die eerste haal word die vel van die borsbeen tot net voor die spene oopgesny. Die binnegoed begin uitpeul. Met haastige hale word die maag en dan die derms uitgesny. Die dikderm word op die punt afgesny sodat die mis daarin nie die vleis bemors nie. Die milt en die blaas is volgende en word sommer op die grond gegooi vir die honde wat opgewonde om die slagtery draal. Dan word die lewer, longe en hart uitgehaal en sorgvuldig op 'n sak neergesit. Die slagmes gaan dan op met die borsbeen tot net onder die bek van die koei. Die vel word van die blaaie en nek weggesny, dan na agter om die ribbes en dan laastens by die boude. Die vel is nog net op die rug vas, maar dit word aan weerskante van die karkas uitgesprei.

Nou begin die saagwerk. Eers die blaaie uit hulle potjie en dan die borsbeen middeldeur. Die ribbes word nie te ver van die rug afgesaag nie. Daarna kom die skof en die nek aan die beurt. Die boude word ook in die potjie afgesaag en laastens word die rug net bokant die filette in twee gesaag. Kobus se arms is tot by die elmboë vol bloed en hy gaan was dit by die kraan af.

Hy gaan hurk langs Boelie by die vuur. Dié het alreeds die dikderm omgedop en skoon gewas en is besig om die derm met stukkies lewer en vet te stop. Die vuur sis van die vet wat daarop drup en die derm begin vinnig swart word.

"Naand, Kobus," sê Koos Havenga toe Kobus en dominee Bester vir huisbesoek opdaag.

"Naand, Koos. Dit is dominee Bester en dit is Koos Havenga en sy vrou Liesbet."

"Aangename kennis, broer en suster. Dit is vir my aangenaam om hier te wees."

"Kom ons gaan sit in die sitkamer," stel Koos voor en stap sommer deur.

"Koffie vir Dominee?" vra Liesbet.

"Ag, dit sal lekker wees, dankie, suster."

"En jy, Kobus?"

"Sal lekker wees, dankie," antwoord Kobus.

Liesbet gaan kombuis toe.

"Is Dominee al ingeburger?" vra Koos.

"Ja, dankie, broer. Die broers en susters het ons alreeds goed laat welkom voel. Ons is oorlaai met eetgoed en die mense stroom elke dag pastorie toe. Ons is baie geseënd. Hoe gaan dit met die boerdery?"

"Nee, Dominee, dit gaan goed. Dit het goed gereën in die najaar en die beeste is mooi vet."

"Ja, die Here seën sy kinders. Het julle kinders?"

"Ja, Dominee, twee. Lien en Ada. Lien is in die koshuis op die dorp," antwoord Koos.

Liesbet kom in met die skinkbord en Kobus staan op om dit by haar te neem. Hy hou die skinkbord vir die dominee en hy neem ook een van die koeksisters.

"Ja-nee, dit lyk vir my die vrouens in hierdie gemeente kan vir jou bak, hoor! Hierdie koeksister is uit die boonste rakke, suster," praat dominee Bester so tussen die gekou deur.

Toe die koffie klaar is, raak hy saaklik. "Broer en suster, ek wil graag weet of julle saak met die Here reg is?"

Koos maak keelskoon. "Ja, Dominee, ons saak met die Here is nog reg."

"Nou kom ons vat boeke," sê dominee Bester, maak sy Bybel oop en lees Psalm 125. Toe hy klaar gelees het, staan hy op en gaan kniel by die stoel met sy hande op die stoel se sitplek. "Kom ons bid," sê hy.

Kobus en Koos volg sy voorbeeld terwyl Liesbet regop in haar stoel bly sit.

"Nou ja, is daar enige vrae?" vra hy toe almal weer sit. Na

'n oomblik gaan hy voort: "Is julle gesindheid reg vir die saak van die Afrikaner? Ons beleef nou baie moeilike tye in ons land. Die geldmag van die land wat ook die pers beheer, wil ons wysmaak dat dit wat ons glo, verkeerd is. Dat die Afrikaner alles is wat boos is. Ons moet dit beveg, op elke terrein. Die Afrikaner is hier met 'n Godgegewe doel. God is aan ons kant. Soos ek nou net hier gelees het, die goddelose sal nie die mag oor die grondgebied van die regverdige kry nie. Dit staan so in die Bybel. Ons moet net sterk staan. As die kerk sterk is, dan is die volk sterk."

Koos en Liesbet knik.

"Ons, ek en broer Odendaal, is ook besig om te kollekteer. Ek het gesien dat die kerk se finansies nie baie goed lyk nie. Hoe lyk dit, broer, kan ek maar twee beeste vir die basaar opskryf? Dit is mos 'n goeie jaar. Die Here het goed voorsien, of hoe?"

Koos maak weer keelskoon. "Dit is reg, Dominee." Hy kyk na Liesbet wat ook instemmend knik.

Binne twee weke het Kobus en dominee Bester feitlik die hele wyk deurgewerk en agt beeste en twintig skape vir die komende basaar gekollekteer.

Toe hulle weer op pad is, sê die dominee: "Broer Odendaal, ek sal graag wil hê dat jy die basaar reël. Ek is nog nie goed bekend met al die lidmate nie, maar jy lyk na 'n voorslag. Is dit reg so?"

"Dit is reg, Dominee." Kobus voel gevlei deur die dominee se vertroue.

Die volgende besoek is aan Jaco Malan. Hy bly op een van Kosie Gericke se plase wat naby die dorp is sodat hy elke dag kan inry na sy praktyk toe. Die plaas het voorheen aan oom Maans Steyn behoort.

Kobus sien dadelik dat Jaco kil is teenoor hulle. Dominee Bester begin weer met sy gewone praatjies. Ansua, Jaco se vrou, dra koffie en koekies aan.

"Is julle saak vir die Afrikaner reg, broer Malan?" begin dominee Bester nadat hy die ekumeniese sake bespreek het. Kobus sien dat Ansua afkyk grond toe.

"Dominee, om eerlik te wees," begin Jaco, "jou politieke siening staan my nie aan nie, maar elkeen is geregtig op sy eie opinie. Dat jy egter die preekstoel gebruik om dit te verkondig, is myns insiens nie reg nie."

"Broer Malan, maar die Skrif is duidelik dat die kinders van Gam die waterdraers en die houthakkers van die kinders van Sem en Jafet sal wees," verweer dominee Bester.

"Dominee, ek het in 'n pastorie grootgeword, so spaar my jou Skrifuitleggings. Ek kan net soveel versies vir jou opnoem wat gaan oor liefde vir jou medemens en dat die wat arm van gees is, salig is, ensovoorts. Jy is 'n predikant, 'n persoon na wie mense opsien en jy het nie die reg om politiek van die preekstoel af te verkondig nie."

"Broer Malan, ek verkondig net die Skrif soos die Heilige Gees dit aan my openbaar." Dominee Bester is ewe sedig.

"Dominee, moenie twak praat nie. Die Bybel praat niks oor die Afrikaners aan die suidpunt van Afrika nie. Dit is jou eie konkoksie van die Bybel se boodskap. Swart mense het net soveel reg op hierdie land as ons."

"Wanneer het jy 'n kafferboetie geword, Jaco?" tree Kobus toe tot die gesprek.

Jaco kyk na Kobus, maar praat verder met dominee Bester. "Ek oorweeg dit om 'n klag by die Ring te gaan lê, want ek is doodseker dat dit wat jy preek nie formele Kerkbeleid is nie. Ek kan nie toelaat dat jy gewone lidmate om die bos lei nie."

"Jaco!" Kobus se stem is dreigend. "Hoe kan jy jou hoogheilig kom hou oor die kerk terwyl jy links en regs mense uit hulle plase swendel? Waar kom jy vandaan dat jy so met 'n predikant praat!"

"Ek steur my nie aan skinderstories nie, Kobus. Jy kan nie die feit wegredeneer dat dominee Bester sy posisie misbruik nie."

"Dominee, kom ons loop," sê Kobus woedend en hy staan op.

Dominee Bester staan op en is eerste by die deur uit.

Voor Kobus uitgaan, sê Jaco agter hom: "As julle swart mense met meer respek behandel, sal dit met ons almal beter gaan, Kobus."

Kobus vlieg om en sy vuishou tref Jaco op die punt van sy ken. "Hou jy jou by jou skelmstreke en los die predikant uit!" sis hy en klap die deur toe.

Kobus ry met Raka deur die kampe op sy plaas. Hy kyk na die krippe en of al die windpompe nog werk. By elke krip stop hy en maak seker dat die kleppe en die krip nie lek nie. By die windpompe stop hy, klim op en luister of die laers van die wiel nog glad loop en of dit begin raas. Hy druk die pyp wat in die dam by elke windpomp inloop vir 'n rukkie toe. As hy sy hand wegvat en daar is ysterstukkies in die water, dan weet hy die pype is verroes en moet vervang word.

Hy loop Boelie raak waar hy besig is om met 'n jong kalf te werk.

"Môre, ou Boelie."

"Môre, baas Kobus."

Kobus klim af en hurk langs Boelie op die grond. "Wat is fout?" vra hy.

"Nee, die kalf het 'n bosluis onder die voet gehad wat hom kruppel maak. Ek het die bosluis afgehaal en net gesny met die mes dat die bloed die gif kan uitwas. Hy sal nou reg wees."

Kobus kyk hoe Boelie die wond met fyn gras toestop totdat die bloed stol. Onder die kalf se poot lê 'n groterige plas bloed.

"Ek dink hy is nou skoon." Boelie maak die riem om die kalf se pote en nek los en help die kalf om regop te kom. Die kalf spring van hulle af weg. Boelie knik tevrede.

"Hoe lyk die beeste vir jou?" wil Kobus weet.

"Die bosluise is baie oor die baie reën. Die koue het ook vroeg gekom dié jaar." Boelie lewer geen verdere kommentaar nie.

"Daar is minder kalwers as laas jaar," por Kobus hom aan.

"Dit is daai bul van jou, baas Kobus, hy werk nie goed nie."

"Wat is fout met hom?"

"Sy kop is te groot."

"Nou wat maak dit saak?"

"Nee, nou sukkel hy om op te kom, op die koeie."

"Ag snert, Boelie, jy weet dit kan nie so wees nie," antwoord Kobus 'n bietjie ergerlik.

"Dit is soos ek dit sien, baas Kobus." Boelie haal sy pyp uit en begin dit stop. Hy suig aan sy pyp en kyk voor hom uit. "Die mense het nog nie gepraat nie, baas Kobus?"

"Watter mense, ou Boelie?"

"Die mense van die plaas."

"Die werksmense?"

"Ja."

"Nee waaroor wil hulle praat?"

"Hulle praat oor trek, baas Kobus."

"Trek waarnatoe?"

"Qwaqwa toe."

"Qwaqwa toe?"

"Ja, baas."

"Nou waar kom hulle daaraan?"

"Daar is mense wat hier was by die statte. Hulle vertel by Qwaqwa sal hulle elkeen 'n huis kry en sal hulle soos die wit mense lewe."

Kobus gaan sit plat op die grond. "Wie is die mense wat sulke twak praat?"

"Dit is die mense van die gowwerment."

"Wie van die gowwerment?"

"Dit is Mapetla Modiko."

"Wie is hy?"

"Hy het eers gewerk by baas Gericke."

Natuurlik! Dit is die tuislandbeleid. Hulle moet mense in die tuislande kry en nou gaan hulle op die plase rond en werf mense met allerhande wolhaarstories. Die idee was tog om die stedelinge daar te kry, nie die plaasmense nie. Die bleddie Natte! dink Kobus. Kon natuurlik niks in die stede regkry nie en nou sak hulle op die plaasmense toe. Die plaasmense sal nie wil gaan nie. Die plase kan nie sonder hierdie werkers klaarkom nie. Daar is van hulle wat al geslagte op die plase bly.

Kobus kyk na Boelie. "En jy, ou Boelie, wil jy ook trek?"

"Nee, baas Kobus. Ek is hier op die plaas gebore en ek sal hier bly tot ek dood."

"Glo jy die stories wat die mense van die goewerment praat?" wil Kobus weet.

"Ek weet nie of ek dit glo of nie glo nie. Miskien is dit so," antwoord ou Boelie diplomaties.

"Dit is twak, ou Boelie. Hulle sal vrek van die honger daar in Qwaqwa. Waar gaan hulle werk kry? Waarvan sal hulle lewe? Nee, dit is sommer snert hierdie. Ek sal met almal praat. Sommer vandag nog."

"Die mense sal nog nie praat nie, baas Kobus. Hulle wag dat die aankoordtyd kom, dan sal hulle praat. Hulle wag nog vir papiere van die mense van die gowwerment af." Boelie suig weer aan sy pyp.

"Aankoord" is die tyd elke jaar wanneer die nuwe diensjaar met elke werker ooreengekom word en hoeveel skape en hoeveel beeste hy kan aanhou. Die oortollige diere word verkoop en aan elke werker word die bedrag uitbetaal wat die diere op die vendusie behaal het. Dit is gewoonlik in Augustus.

Kobus groet en ry terug huis toe. By die huis stap hy sitkamer toe en skink vir hom 'n whisky. Hy slaan dit vinnig weg en sluk nog een net so vinnig. Stadig nou, Kobus, sê hy vir homself en maak die drankkabinet toe.

Kobus is kort voor lank lekker vies vir homself omdat hy ingestem het om die kerkbasaar te reël. Dit is beslis nie maklik nie. Hy was nie bewus van die talle slaggate nie. Sussie Blomerus bak nou al die afgelope sewentien jaar die koeksisters vir die kerkbasaar. Sy begin weke voor die tyd en vries dit soos sy dit klaarmaak. Toe Kobus vir Mientjie Botha vra om die koeksisters te bak, breek alle hel los. Kobus moes toe eers vir Sussie om verskoning gaan vra en vir haar verduidelik dat dit nie is omdat sy nie goed genoeg is nie, maar Mientjie is Hanna se niggie en Kobus het al baie van haar koeksisters geëet en dit is vir hom baie lekker. Hy kan ook toe nie vir Mientjie sê dat sy nie meer mag koeksisters bak nie, want sy het toe alreeds al die meel en suiker gekoop.

Die uiteinde is dat hulle dit saam moet bak. Wat toe ander probleme veroorsaak, want Tina Steyn, wat al die jare nog vir Sussie help met die koeksisterbakkery, kan Mientjie nie voor haar oë verdra nie, omdat Mientjie se man Philip eers met Tina gekys was voor hy met Mientjie getroud is.

Dit is op hierdie stadium dat Kobus toe sy voet neersit en sê hy gee nie 'n hel om nie, hy soek twintig dosyn koeksisters vir die kerkbasaar en hulle moet net sê as hulle nie kans sien nie, dan sal hy dit van die groot bakkery in Bloemfontein bestel. Hy het geweet dat geen vrou in die distrik sal toelaat dat Bloemfonteinse koeksisters op die kerkbasaar verkoop word nie en daar en dan is die sakie toe geskik.

Maar nog was dit nie die einde nie. Kobus reël met Ansie Kriel dat die slagtery van die beeste op hulle plaas sal plaasvind omdat hulle 'n slagpale op die plaas het en al die nodige toerusting het om vleis te bewerk. Laat een aand bel tant Estelle Kleynhans hom en sy wil net vir hom sê die beeste wat haar man gee, sal nie by die Kriels geslag word nie, maar wel op haar eie werf deur haar eie mense en as dit Kobus nie welgeval nie, dan onttrek Doors die twee beeste wat hy vir die basaar geskenk het.

Kobus moes maar instem nadat tannie Estelle grafies vir hom verduidelik het wat fout is met die slagpale op die Kriels se plaas en dat daar nog boonop 'n kiem daar leef. As jy hom inkry, met permissie gesê, maak jy vir twee weke nie 'n oog toe nie soos hy jou toilet toe jaag. Verder het tant Hannetjie gekla dat die Kriels sintetiese derms gebruik vir die wors en nie vark- of skaapderms nie en dat dit darem nie heeltemal fatsoenlik vir 'n kerkbasaar is nie.

Sarel Jacobs het ook gekla dat Maryna Visser se sosatieresep naeltjies bevat en dat hy wat Sarel is, nie omgee dat dit so uit Leipoldt se resepteboek kom nie, maar sy ouma, ou tant Chrissie Jacobs, het altyd gesê naeltjies maak sosaties bitter. Met die Ossewatrek het ou kommandant De Villiers vir tant Chrissie gevra om die sosaties vir die fees te maak, en nie vir Leipoldt nie.

Lena Nagel het Kobus kom smeek om asseblief nie weer vir Retha Naudé te vra om die pannekoeke te bak nie. Retha skei nie die wit en die geel van die eiers vir die pannekoekbeslag nie en dit is hoekom die pannekoeke die vorige twee jaar so taai was. Ten minste die helfte van die eiers se wit moet geskei word. En dan gebruik sy nog boonop dorpsmelk wat gepasteuriseer is, in plaas van plaasmelk. Almal weet jy kan melk net een maal kook en met die pasteurisering is die melk dan alreeds een maal gekook.

Tant Sofie du Bruyn het laat weet dat haar wyk se susters hierdie jaar niks gaan doen nie, omdat die dominee hulle laas jaar nie bedank het vir die harde werk wat hulle met die koektafel gedoen het nie. Oom Hendrik Botha het Kobus gevra of hy nie van die braaiery verskoon kan word nie, want die dag van die basaar is daar 'n groot duiwewedvlug van De Aar af en as gevolg van die afstand kom die duiwe eers baie laat in en as hy nou by die basaar braai, kan niemand die duiwe inklok nie.

Kobus het later begin wonder waarmee die mense hulleself besig hou as daar nie 'n basaar gereël word nie.

Die dag met die basaar is daar 'n miernes van bedrywighede op die kerkterrein, maar Kobus is min of meer tevrede dat alles plaasvind soos vooraf gereël is. Die enigste probleem was dat oom Kootjie Claasen nie met houtskool wou braai nie, maar aangedring het op taaiboshout, anders sou sy reputasie as baasbraaier in die slag bly. Gelukkig het een van die boere 'n groot vrag hout gebring en oom Kootjie se eer is gered.

Nadat dominee Bester gebid en spesifiek vir Kobus bedank het, stel hy Kobus aan die woord.

"Geagte gemeentelede, vergun my om die volgende mense te bedank waarsonder hierdie basaar nie sou kon plaasvind nie. Indien ek enige iemand uitlaat, is dit net omdat ek vergeetagtig is. Dit moet nie gesien word as geringskatting van daardie persoon se bydrae nie." Kobus gaan deur die hele lys wat hy opgestel het en bedank elkeen plegtig. "Nou ja, vriende, gun my net nog 'n paar laaste woorde. Ons weet dat ons land in hierdie tyd onder geweldige druk verkeer." Hy weet hy het nou meer mense se aandag, want dit is 'n ongewone toespraak vir 'n kerkbasaar. "Dit is vir ons Afrikaners belangrik om sterker hier uit te kom. Ons kan net sterk wees indien ons ons kerk sterk hou. As die kerk sterk is, sal ons enige aanslag teen ons die hoof kan bied. Ek vra julle dus om al die tafels te ondersteun en soveel te koop as wat julle kan. Elke sent wat julle hier uitgee, is 'n sent vir die Afrikanersaak. Dankie."

Die mense klap hande en die basaar begin met mening.

Kobus merk dat Dirk Verster op hom afgestap kom. Hy en Dirk het nie baie ooghare vir mekaar nie en Dirk is boonop 'n Nat.

"Kobus," sê Dirk ysig en druk sy vinger onder Kobus se neus, "ek is siek en sat daarvoor dat jy en hierdie nuwe dominee van elke kerkding 'n politieke ding maak. Julle misbruik die kerk vir julle eie politieke ambisie."

Kobus voel hoe hy warm word, maar beteuel hom. "Dirk, jy is net suur omdat jou party besig is om steun in die distrik te verloor. Almal kan sien dat jy en jou regering besig is om hierdie land op 'n skinkbord vir die kaffers te gee. Jou leier is nou meer in ander Afrikalande as in sy eie kiesafdeling. 'n Regte spul gatkruipers, dis wat julle is!" Dirk tree vorentoe, maar dominee Bester kom tussenbeide.

"Broers, broers, wag nou, raak kalm." Hy vat Kobus aan die arm en lei hom weg. "Moet nou nie ongedaan maak wat ek en jy tot dusver reggekry het nie."

Die volgende Sondag kondig dominee Bester af dat die kerkbasaar 'n rekordbedrag van sewe en sestig duisend rand ingesamel het.

"Ek wil net weer eens vir almal wat gehelp het, en spesifiek vir broer Kobus Odendaal wat alles so piekfyn gereël het, bedank vir hulle toegewydheid aan die saak van die Here," word die afkondigings afgesluit.

Kobus besluit om die Sondagmiddag met Raka te gaan ry. Met al die basaarreëlings het hy nie sy hand so oor die boerdery gehou as wat hy moes nie. Hy ry die hele plaas deur en kyk weer na die krippe, windpompe en drade. Hy ry ook deur die troppe beeste en kyk of alles reg is. Die beeste is in goeie kondisie en dit lyk of die meeste koeie dragtig is. Hy is nie haastig nie en ry die hele tyd op 'n stap.

By die rivier hoor hy skielik stemme. Iemand lag. Daar is nie veronderstel om mense te wees nie. Hy klim af, stap tot op die wal en kyk af na waar die swempoel is. Hy sien Klein Kobus kaal langs die rivierwal afhardloop en in die rivier induik. In die water is 'n swart kind. Kobus glimlag en dink aan die dae toe hy kaal in die rivier geswem het. Hy draai weg, maar uit die hoek van sy oog sien hy die swart kind uitklim uit die water. Dit is 'n meisie. Kobus herken haar as een van Boelie se kleinkinders.

Sy knieë knak en hy gaan sit. Wat het hy nou net hier gesien? Dit is 'n vergissing. Miskien is dit net 'n visioen van die toekoms. Is dit waarheen ons gaan? wonder hy verdwaas. Hy voel hoe sy kop klop. Sy asem kom moeilik en dit bring hom terug na die werklikheid. Nee, dit kan nie wees nie! Hy staan op en probeer op die perd klim, maar hy kan nie.

Na 'n ruk kom hy darem op die perd en ry huis toe. Hy het nie gesien dat die weer opsteek nie. Hy is skaars weg toe die reën met mening begin uitsak.

By die huis saal hy werktuiglik die perd af. Hy is sopnat, maar sonder om droë klere aan te trek, stap hy studeerkamer toe. Hy sluit die deur en maak die drankkabinet oop. Hy gooi whisky in 'n glas en slaan dit weg. Toe skink hy nog een en slaan dit weg. Terwyl hy die derde een skink, kyk hy na die bottel in sy hand. Hy bring dit na sy lippe. Die whisky loop langs sy mond af en die alkohol brand sy keel. Sy oë word tranerig van die brand. Hy sit die leë bottel in die kabinet terug, vat die volgende bottel en stap na sy lessenaar toe.

Sy lyf begin gloei. Hy maak die bottel oop en bring dit na sy mond toe. Met die tweede sluk voel hy die naarheid in sy keel opstoot, maar hy sluk dit terug. Hy vat weer 'n sluk uit die bottel. Kom nou, kom nou, praat hy met homself. Hy wag vir die alkohol om te begin werk. Alkohol voer hom weg na plekke waar daar nie pyn is nie en alles lekker is. Dit gaan egter stadiger as wat hy gehoop het. Maar die alkohol begin tog werk en hy voel hoe dit deur sy lyf gaan. Hy vat nog 'n sluk of twee en gaan sit.

Hy kyk na alles op sy lessenaar. Die rekeninge, rekords van die beeste, die registrasiedokumente van Raka se laaste vul, telefoonnommers van mense wat hy vir die basaar gebel het. Hy snork deur sy neus. Met een beweging vee hy alles van die lessenaar af weg sodat hy die skoon hout sien glim. Hy sit sy wang teen die hout neer en voel hoe koel dit is.

Na 'n rukkie vat hy weer 'n paar slukke. Die alkohol begin nou lekker werk, dink hy en hy voel hoe sy spiere verslap. Sy bewegings word stadiger. Sy brein begin verdof, maar die gesig wat hy by die rivier gesien het, kom weer by hom op.

"Nee," prewel hy en hy vat nog 'n paar slukke. Hy voel weer die naarheid opstoot en sluk verwoed. Hy vat nog 'n paar slukke.

Daar is 'n klop aan die deur. "Kobus." Dit is Hanna.

"Gaan weg!" skreeu hy en keer die bottel in sy mond om. Hy probeer opstaan van die stoel af, maar sak soos 'n kombers grond toe. Die bottel val aan skerwe op die vloer. Hy kyk met verbasing na 'n stukkie glas wat reg voor sy oog lê. Dan oorval die newels van 'n diep slaap hom.

Die geluid van 'n bakkie wat wegry, maak hom wakker. Sy kop pyn vreeslik en hy is dors. Hy staan op en voel nog die effek van die alkohol.

In die kombuis gaan drink hy water. Die huis is leeg. Hanna het seker die kinders skool toe gevat. Terug in sy studeerkamer maak hy nog 'n bottel whisky oop en skink weer twee sopies wat hy vinnig na mekaar wegslaan. Dis net om die hoofpyn 'n les te leer, mymer hy.

Die bottel is halfpad toe hy iemand hoor roep na hom. Hy kyk by die venster uit en sien al sy werkers op die werf staan. Dit registreer stadig by hom dat hy vandag akkoord moet praat. Hy snork. Hy sluk die res van die bottel af en stap op die stoep uit waar hy teen die stoeppilaar gaan leun om regop te bly. Die werksmense staan nader.

"Ja, ons moet akkoord praat. Nou kyk, ek gaan nie met een van julle donners akkoord praat nie. Julle kan almal wat my betref Qwaqwa toe bokkerof en op 'n donnerse hoop gaan vrek van die honger." Kobus gluur hulle aan. "Kyk of ek omgee. Ek kan hierdie plaas op my eie bewerk. Ek het nie een van julle nodig nie. So donner Qwaqwa toe!" skreeu hy die laaste woorde uit. Hy draai om en strompel die huis binne.

Die volgende bottel whisky word oopgemaak. Hy het hulle nou gesê! Nou is hy van sy sonde en ergernis ontslae. Hy strek hom uit op die bank met die bottel op sy bors.

"Kobus..." Hy moes ingedut het, want Hanna staan langs die bank. "Wat de hel gaan hier aan?"

Hy probeer regop kom, maar die bottel val uit sy hand. Toe hy dit probeer keer, val hy van die bank af. Die bottel breek nie en rol 'n entjie weg oor die vloer.

"Jy is dronk, Kobus. Luister na my. Ruk jou reg. Dit is Maandagoggend en jy is so dronk soos 'n spook."

Kobus kyk haar verdwaas aan terwyl hy nog op die grond lê.

"En wat is dit met die werksmense? Ou Boelie sê jy het hulle almal weggejaag. Kobus, wat gaan aan?" Sy bal haar vuiste.

Kobus kruip na die bottel wat op die vloer lê en stut sy rug teen die muur terwyl hy dit oopmaak en 'n paar lang teue vat.

"Jy is dronk. Ek praat weer met jou wanneer jy nugter is, want ek het iets om jou te vertel," snork Hanna, stap uit en klap die deur agter haar toe.

Toe hy later weer wakker word, staan Hanna met 'n koppie koffie langs hom.

"Drink!"

Hy kom orent en vat 'n sluk koffie. Sy kop is seer en hy voel ellendig. "Wat wou jy my vertel?" probeer hy sy verleentheid wegsteek.

"Met die reën Sondagaand het die brug tussen die lokasie en die wit dorp weggespoel."

"O." Kobus begryp nie die belangrikheid daarvan nie.

"Ja, toe is al die wit mans wat in die lokasie kuier, se motors vanoggend langs die rivier."

"O..." Kobus begin nou die belangrikheid insien.

"Ja," sê Hanna. "Dominee Bester se motor was een van hulle."

◎ ◎ ◎

Jaco haal die laaste lêer uit die boks. Dit is die dikste van almal. Hy maak dit nie oop nie. Hy ken die inhoud vandag nog goed. Terwyl hy die lêer op sy skoot hou, trek hy sy knieë tot teen sy bors, vou sy arms om sy knieë en sit sy ken daarop. Hy sit lank só voor sy knieë begin pyn. Hy maak sy bene reguit en kyk weer na die naam op die lêer.
Liesbet Havenga – egskeiding – Koos Havenga

◎ ◎ ◎

Koos Havenga

Liesbet maak haar oë oop. Sy kyk langs haar in die bed na Koos se plek. Dit is nog leeg. Sy kyk by die venster uit en merk dat dit begin lig word. Waar is hy? Haar hart begin in haar keel klop. Het hy iets oorgekom? 'n Ongeluk? Sy spring op, trek haar kamerjas aan en stap in die gang af. Die spaarkamer is leeg. Sy raak angstig.

In die kombuis sien sy die bakkie se sleutel hang nie op sy plek nie. Hy het nie ingekom nie. Sy loer by die kombuisvenster uit in die rigting van die stoor. Die bakkie is daar binne. Waar is hy dan? Die deur is nog gesluit. Sy sluit oop en stap stoor toe. Haar hart spring in haar keel.

Daar lê 'n liggaam op die grond. Dit is Koos s'n. Sy hardloop nader. Sy kan net aan een moontlikheid dink: 'n plaasaanval. Hy is gisteraand aangeval en sy het niks gehoor nie. Sy kniel by hom. Hy is nog warm.

"Koos! Koos!" skreeu sy terwyl sy hom skud. En dan ruik sy dit – braaksel. Koos Havenga lê langs 'n groot poel van sy eie braaksel – uit soos 'n kers. Die soet walms van brandewyn hang om hom.

Liesbet val van pure woede agteroor op haar sitvlak, maar staan dadelik weer op.

Sy stap deur die tuin en gaan haal die tuinslang. Toe draai sy die kraan heeltemal oop en stap terug na Koos toe. Sy spuit die water vol in sy gesig. Met koue woede kyk sy hoe hy na asem snak en probeer regop sit. Hy val weer terug, maar sy hou aan spuit. Die waterstraal spat nou modder op sy gesig en sy blonde hare word bruin. Hy sukkel om regop te kom. Sy spuit nog steeds.

"Liesbet," hoor sy hom sê.

Sy hou aan spuit. Hy staan nou hande-viervoet en sy kop hang grond toe. Die water stroom van hom af.

"Liesbet, asseblief," pleit hy. Hy gaan sit op sy knieë en kyk haar aan terwyl sy spuit. "Liesbet, asseblief, hou op."

Sy gooi die tuinslang neer en draai om. In die kamer gaan sit sy op die bed. 'n Snik van woede ontsnap uit haar keel.

"Wat is dit, Ma?" Sy kyk verskrik op. Dit is Lien. Sy vee haar gesig skoon. "Niks," sê sy stuurs en stap badkamer toe. Sy is lus en skiet hom soos 'n hond op sy eie voorstoep dood.

"Pa, wat het gebeur?" hoor sy Lien vra.

"Ek het in die dam geval," lieg hy.

Nee! Nee! wil sy skreeu. Sy moet aan die wasbak se kant vasgryp om haarself te beheer. Sy klap die badkamerdeur toe en sluit dit. Hoe het dit tot hier gekom? vra sy haarself in die spieël. Die trane begin vloei en sy gee haar oor aan 'n huil wat jare al lê en wag. Die trane stroom. Sy draai werktuiglik die stortkrane oop, trek uit en klim in die stort. Die warm water laat haar nog meer huil en sy gaan sit op die stortvloer met haar knieë opgetrek. Hoe het dit gebeur? wonder sy.

Hy was so mooi. Ses voet vyf, blonde hare – die propperse soort geelblond. Hy was onskuldig, soos 'n seuntjie vasgevang in 'n groot lyf. Sy onthou hoe sy groot, jong lyf haar asem laat jaag het in afwagting op die krag wat daarin is.

Hulle het mekaar by 'n garagepartytjie ontmoet. Sy was daar saam met 'n ou wat vreeslik gesweet het en sy het later uitgestap om vars lug te kry, weg van die bedompige dansvloer. Skielik het sy bewus geraak van 'n soort digtheid naby haar, asof daar iets is wat energie afkeer, soos 'n skild.

"Bedompig, nè?"

Sy stem het van hoog bo haar gekom en sy het opgekyk. Kan 'n mens so groot wees? het sy verstom gedink. Sy kon nie sy gesig in die donker sien nie; net die geelblonde hare wat teen die buitelig afgeëts gestaan het.

"Ja," het sy gesê en gesien hy staan tog op dieselfde vlak as sy. Sy stem was ook sagter as wat sy verwag het uit so 'n groot lyf. Sy het 'n opgewondenheid ervaar en tot haar skok was dit 'n seksuele een. Terwyl sy terug garage toe gevlug het, het sy hom agter haar hoor sê: "Ek is Koos Havenga." Sy wou omdraai om haar naam te sê, maar was alreeds te ver.

'n Week later het sy hom op die kampus gesien. Hy het soos 'n reus bo sy maats uitgetroon. Sy het uitgevind hy swot landbou. Sy pa-hulle het 'n hele paar plase en hulle is bekend in politieke kringe.

Daardie Saterdag by die tenniswedstryd het hy na haar toe gekom. "Jy was haastig die ander aand," het hy gesê.

"Liesbet Labuschagne," het sy gesê en haar hand uitgesteek. Die wegraak van haar hand in syne het haar amper na haar asem laat snak.

"Bly te kenne."

Hy het tot haar verbasing bloedrooi gebloos. Sy het gelag daaroor.

"Kom ons gaan vanaand inry toe met 'n trekker."

Die hele koshuis het by die venster uitgekyk toe hy met die trekker stilhou, geklee in 'n oefenbroekie en T-hemp. Sy was uitasem van opgewondenheid toe hy afbuk en haar soos 'n veertjie op die trekker tel en op die modderskerm laat sit. Later het sy hom gesoen terwyl hy in die trekkersitplek sit. Die gefluit en getoet van die ander in die inry het nie saak gemaak nie. Sy het op 'n wolk van geluk gesweef.

En die res is, soos die cliché dit stel, geskiedenis.

Sy maak die stortkrane toe en droog haar af. Tot hiertoe en nie verder nie. 'n Kwartier later ry sy dorp toe.

"Kan hy my sien?" vra sy die prokureur se ontvangsdame en 'n rukkie later sit sy voor hom.

"Nou waaraan het ek 'n besoek van die Havengas te danke?" wil hy met 'n glimlag weet.

"Ek wil skei," is haar antwoord.

Die glimlag verdwyn van sy gesig. Hy raak saaklik. "Is daar 'n derde party?"

"Nee."

"Slaan hy jou?"

"Nee."

Hy bly stil en kyk haar vraend aan.

"Moet ek alles vertel?"

"In die omstandighede dink ek dit is noodsaaklik."

"Liesbet, jy is nie ernstig nie. 'n Boervrou word?" Professor Geertsema was duidelik stomgeslaan. "Jy het nou net jou honneursgraad voltooi, met lof boonop. Ons het al gepraat oor 'n tema vir jou M: Goethe se invloed op die werk van Thomas Mann. En nou wil jy 'n boervrou word. Wat weet jou boer van Faust en Goethe, Liesbet?"

"My name is Faust, in everything thy equal," was haar slim antwoord.

"Liesbet, jy is fyn opgevoed in die kuns, letterkunde en mitologie. Wat gaan jy daarmee doen, of eerder: Wat gaan jou boer daarmee doen?"

"Ek sal dit vir my kinders leer," was sy hom weer een voor.

"Ja, maar onthou, 'n leeftyd het sy eie tydstrikke waarin jy verweef raak en jy gaan 'n lewe weg van kinders ook hê." Hy het in sy stoel teruggesit.

Sy het skuldig gevoel, maar haarself vertel dat nie almal hulle eie Siegfried ontmoet en met hom trou nie.

"En hoekom het ek hom nog nie gesien nie?"

Die vraag het haar tussen die oë getref. Sy het Koos altyd weggehou van die departement se bedrywighede, want sy het geweet dat Goethe en Kie. bokant sy vermoëns is. Praat rugby, mieliepitte, die weer en politiek en Koos is by, maar sodra dinge 'n bietjie meer ingewikkeld raak, begin sy linkerooglid spring en sy mond kry 'n gefikseerde glimlag.

"Koos is nie 'n baie sosiale man nie," het sy gelieg. Wat sy nie kon sê nie, was dat hy die lyf van 'n Noorse god het en dat sy deur die krag daarvan gehipnotiseer is.

Haar ouers was in hulle skik. Veral haar pa. 'n Skatryk boer, ja-nee. Nou wel nie 'n wynboer nie, maar darem 'n mielieboer. Die familie lyk ook nie sleg nie. Haar ma het haar darem een keer gevra of sy seker is oor die troue. Die man lyk 'n bietjie grof, nie so fyn as wat sy gewoond is nie. Nee, Ma, alles is reg.

Die troue was vol swier in Stellenbosch se beste restaurant. Al haar Bloemhof-vriendinne en die hoogste Stellenbossers was daar: die hoogste geleerdes en die hoogste verdieners. Die een het waarna die ander smag, het prof. Geertsema eenkeer gesmaal. 'n Strykkwartet het die musiek verskaf en die twee belowendste sangstudente van die konservatorium het duette uit *La Traviata* gesing.

Op die plaas het sy haar met oorgawe gewy aan die dinge wat sy gevind het 'n boervrou moet doen. Sy het vrugte ingelê, konfyt gekook en naaldwerk gedoen. Sy het probeer om 'n leesklub aan die gang te kry, maar dit later laat vaar.

Koos het geboer. Sy lyf het ook die belofte van seksuele vervulling nagekom. Sy het swanger geword. Dit was 'n dogtertjie. Lien. Sy was met oorgawe 'n ma. Lien was soos sy: vinnig om te praat en te loop en het nie gesukkel met slaap nie. Toe het sy weer swanger geword. Dit was weer 'n dogtertjie. Ada. Sy was soos Koos: stadig met alles. Gesukkel om te praat – gehakkel ook, en gesukkel om op skool te lees. Maar sy was mooi – soos Koos, met dieselfde geelblonde hare.

"Koos, jy kan nie net boer nie. Jy moet iets anders ook doen." Koos het haar aangekyk en sy linkeroog het effens na binne ingedraai. Dit was die eerste keer dat sy dit sien.

"Soos wat?" Hy was nie arrogant nie. Eerder gedwee.

"Iets soos politiek."

"My pa is in die politiek."

"Ja, en hy dwing baie respek af. Ek hoor hy gaan dalk 'n adjunkminister word."

"Liesbet, ek hou nie van sulke goed nie."

"Watse goed?"

"Van politiek en so nie."

"Maar wat van iets anders?"

"Soos wat?"

"Boereverenigings of skaaptelersverenigings."

Koos het gesug. "Ada sê my sy speel vir die onder sewe A-span. Hoofdoelgooier of so iets."

"Ja, Koos, maar Lien speel al die hele jaar vir die onder nege A-span."

"Ja, maar Lien sal altyd in die A-span wees." Sy stem was sag.

Liesbet het opgekyk na Koos en sy het haar verbeel dat hy kleiner geword het tydens die gesprek.

Sy was op pad terug van die netbal af toe die berig op die streeknuus oor die radio kom.

"Motoriste het vandag op die teerpad tussen Eendrag en Maasdam 'n vreemde gesig gesien. 'n Boer het 'n bul agter 'n trekker aangesleep na sy plaas toe. Volgens ooggetuies het die bul telkemale in die trekker vasgehardloop, maar dit het nie die boer van stryk gebring nie. Die bul is tot op die plaas gesleep. Die boer, meneer Koos Havenga van die plaas Mooinooi, het geen kommentaar gelewer nie. Die plaaslike Dierebeskermingsvereniging sê hulle ondersoek 'n saak van dieremishandeling."

Liesbet was woedend. Sy het hom gekonfronteer.

"Is jy van jou sinne beroof? Wat het jy gedink doen jy, Koos? Jy maak 'n gek van jouself. Nie net van jouself nie, van my ook, en die kinders."

Hy het net daar gesit. Sy het gevoel of sy hom wou klap.

"Die bul spring nou al die tweede jaar in 'n ry draad. Ek moes hom gaan haal. Ek het gedink ek sal hom 'n les so leer."

"'n Les leer? Koos, dit is 'n dier. Watse les gaan jy hom nou leer? Hy verstaan niks daarvan nie. Hy is 'n bul, 'n groot bleddie bul. Hy kan nie lesse geleer word nie. Kan jy dit nie insien nie, jou simpel sot?"

Koos het omgedraai en begin uitstap.

"Moenie vlug nie!" het sy geskreeu. Hy het aanhou stap, by die deur uit. Sy het omgedraai en Ada in die gangdeur gesien. Met dieselfde groot blou oë as haar pa.

"Mamma?"

"Moenie nou met my praat nie, Ada, gaan kamer toe."

Ada het stadig omgedraai en in die gang verdwyn. Liesbet het uitgeput op die rusbank gaan sit. Hoe sy dit verwerk sou kry, het sy nie geweet nie. Dit is 'n skande!

Maar die gemeenskap het dit baie beter hanteer as wat Liesbet verwag het. Daar het geen klag van die DBV af gekom nie en Koos se aansien in die gemeenskap het gestyg.

Hy is aan gaste uitgewys as die man wat 'n bul met 'n trekker op die nasionale pad gesleep het.

Sy het later gelag as daar in 'n geselskap daarna verwys word. Die volgende vergryp was erger.

"Ons het 'n boerevereniging-vergadering vanaand," het Koos gesê.

"O," het Liesbet gesê. "Julle kies 'n nuwe voorsitter vanaand."

Koos het stilgebly.

"En?"

"En wat?" wou hy weet.

"Is jy genomineer?"

Hy het geglimlag. "Nee, ek is maar net daar, want ek moet die vleis braai agterna," en daarmee het hy uitgestap.

Die telefoon het diep in die nag gelui. Sy het geskrik. 'n Ongeluk? Waar is Koos? Maar dit was sy stem wat oor die foon gekom het.

"Liesbet?"

"Koos, waar is jy? Was jy in 'n ongeluk?"

Dit was 'n rukkie stil. "Ek is ... ek is in die selle by die polisiestasie." Liesbet was stomgeslaan. "Kan jy my kom haal?"

"Hoekom is jy daar?" Sy het gesoek na nog 'n vraag.

"Ek sal verduidelik, ek kan nie langer praat nie."

Liesbet het verslae op haar horlosie gekyk. Dit was tien oor vier. Sy het aangetrek en die motorsleutels gaan haal. Sy moer! dink sy en gaan maak eers vir haarself 'n koppie koffie. Wat hy ook al gedoen het – hy kan maar 'n bietjie wag.

Teen die tyd dat sy voor die polisiestasie stilgehou het, het sy alreeds deur haar gevoelens gewerk en al wat oorgebly het, was die gevoel dat sy 'n buitestaander in hierdie spektakel was. Dit is nie sy nie, sy's nie so grootgemaak nie en sy ken nie so iets nie; sy is verwyderd daarvan.

"Ek kom meneer Havenga haal," het sy vir die jong konstabel agter die toonbank gesê.

"Sekerlik. Ons het net 'n paar vorms wat u moet teken." Hy het die papier voor haar neergeplak.

Opsetlike saakbeskadiging, het die vorm gesê en op die tweede reël: *Nie onder die invloed van drank nie*.

"Moet ek iets teken?"

"Ja, Mevrou, net hierso."

Sy kon hoor hoe 'n ysterhek oopgesluit word. Toe kom Koos in die gang afgestap. Sy skoene was sonder veters en hy was sonder 'n gordel. Sy klere was erg verkreukel met blou strepe op.

"U goed, meneer Havenga," het die konstabel gesê terwyl hy Koos se veters en gordel aan hom oorhandig.

"Hoekom vat julle die gordel en veters, maar nie die res nie?" het Liesbet gevra. Sy wou eintlik gehad het hy moes net in sy onderbroek in die selle gesit het.

"Sodat hy homself nie beseer nie," het die konstabel geantwoord. Liesbet het wrang gelag. Hulle kan seker nie ernstig wees nie. Koos het by die kar gestaan en wag. Hy het haar stip aangekyk. "Liesbet..."

"Kyk hier, Koos, ek wil niks hoor nie! Jy praat nie met my nie, jy hou jou bek of jy kan met die poot plaas toe loop." Woede het weer in haar begin opwel.

Sy het die res van die naweek nie met hom gepraat nie. Net sy pajamas in die spaarkamer op die bed gesit. 'n Paar vriendinne het gebel en versigtig gevis oor wat gebeur het. Liesbet het gemaak of sy van niks weet nie. Die Maandag toe sy die kinders by die skool gaan haal, het sy opgemerk dat albei baie bleek is.

"Ma, die kinders sê Pa was Vrydagaand in die tronk," het Lien begin.

Woorde het Liesbet vir 'n oomblik ontwyk.

"Dit is mos nie so nie, Mamma?" Dit was Ada.

Liesbet het die stuurwiel vasgeklem. Hoe verduidelik jy hierdie een, Koos Havenga? 'n Rou kreet het oor haar lippe gekom. Iets verby die woede wat sy tot dusver gevoel het, het deur haar geruk. Dit was 'n gevoel verby enige emosie wat sy al ooit ervaar het. Dit het gevoel of 'n ton wurms deur haar lyf krioel. Emosie het soos 'n gedrog op haar afgepyl. Sy sou ontplof en die ontploffing sou 'n harde kern vorm wat vernietigend deur enige iets sou bars.

Sy het hom by die huis ingewag toe hy van die lande af kom.

"Sit."

Sy oë het hare vermy en hy het sy kop laat sak.

"Saakbeskadiging?" het sy yskoud gevra. "Wie se saak?"

"Dit is die borsbeeld van Johan Slabbert ... voor die stadsraad se kantoor. Ek het dit blou geverf en toe ... met 'n trekker gesleep tot by die stasie," het hy gestamel.

"Jy het besluit om die beeld blou te verf en tot by die stasie te sleep, sommerso, sonder enige rede." Sy was nou klinies.

"Ek is ge-*dare*."

"Ge-*dare*! My magtig Koos, dit is die soort twak waarmee adolessente skoolseuns hulle ophou. Nie groot mans nie!" Sy het self geskrik vir die skreeu in haar stem. "Hoe het die boerevereniging-vergadering dan geëindig?"

"Ek en Kobus Odendaal was die laastes oor, maar dit was laat."

"Aha! Die boerevereniging se hoofbraaier en die boerevereniging se hoofsuiper. En die suiper *dare* toe die braaier. Die braaier laat hom nie *dare* nie." Sy was besig om histeries te raak. "Altans, nie deur die suiper nie. Nee, die braaier is darem beter as die suiper. Nee, die braaier se ego laat nie toe dat hy deur die suiper ge-*dare* word nie. Toe gaan verf die braaier saam met sy dronk vennoot die borsbeeld en sleep dit tot voor die stasie." Sy was verby woede; dit het in haat oorgegaan.

"Hy was 'n Sap."

"'n Sap! Koos, die geveg tussen Sappe en Natte het in negentien dertig gestop. Watse patetiese rede vir die seun van die adjunkminister om die ou Sap se borsbeeld te gaan verf en met 'n trekker die straat af te sleep. Dink jy dit gaan jou die erelid van die Natte maak? Koos, ek *dare*, ek *dare* jou, om jou kinders hierdie kafstorie te vertel en te kyk of dit enige iets doen vir hulle ... of vir my."

Sy het magteloos die huis uitgestorm, die veld in.

Eers na donker het sy teruggekom en werktuiglik begin kos maak. Later het sy sagte stemme in die sitkamer gehoor. Sy het soontoe gestap, maar dit was donker. Toe sy die lig aansit, sien sy Koos met Ada op sy skoot, hulle koppe teen mekaar. Hulle het na haar gekyk asof sy iets versteur het. Ada het haar arms om haar pa se nek gesit en haar gesig weggedraai van Liesbet af. Koos se blik was intens op haar gerig, sy een oog ingedraai.

"Die kos is reg," het sy gemompel en omgedraai.

"Ja," sê Jaco Malan sag. "Dit is nie genoeg gronde om te skei nie. Hy is 'n gesiene man. Jy sal die kinders verloor."

Liesbet kan haar ore nie glo nie. "Sal jy al hierdie vernedering kan verduur? Verstaan jy nie? Dit is 'n aanklag teen my, nie teen hom nie. Ek is die een wat so *stupid* was om toe te laat dat dit gebeur. Ek kon dit nie aanvanklik sien nie. Ek kon nie die mens peil nie, kon nie sy karakter sien nie. Ek is die pateet hier, nie hy nie. Of nog erger: Ek is die een wat dit na vore bring. Ek veroorsaak hierdie optrede. Ek is so 'n verskriklike mens dat hy hierdie goed moet doen om hom te laat geld. Nou luister hier, ek verdra dit nie, nie van Koos Havenga nie, van niemand nie!"

"Jy behoort dit te kan deursien." Hy kyk na haar asof hy haar weeg. Dan gaan hy voort.

"Daar is 'n plan. 'n Psigiater het onlangs sy praktyk hier oopgemaak. Hy is onder 'n wolk uit die stad uit weg. Kom ons stel dit so: Hy skuld my 'n groot guns. Ons reël 'n evaluasie van Koos. Die psigiater sal 'n verslag skryf waarin bevind word dat Koos tydelik psigies onstabiel is. Ek sal die papiere reg hê. Ons gaan dan onmiddellik daarna hof toe en kry 'n hofbevel dat die beheer en toesig tydelik aan jou oorgedra word hangende die egskeiding. Hy sal skik. En dit is die einde."

En dit is die einde. Sy woorde maal in Liesbet se gedagtes rond. Haar asem is vir 'n ruk weg. "Jy is nie ernstig nie."

"Mevrou, dit is die enigste oplossing." Hy maak sy skryfblok toe en staan op. "Laat weet my."

Hy is klaar, besef sy. Sy strompel verslae uit na haar motor toe.

Twee dae later bel sy hom. Dit is reg. Hy sal haar laat weet wanneer die afspraak by die psigiater is. Sy moet net sorg dat Koos daar is.

Die afspraak is vir drie weke later, laat weet die prokureur haar.

Hoe kry sy Koos daar? Sy besluit om hom niks te vertel nie. Sy sal hom net daardie dag vra om saam met haar dorp toe te gaan. Hulle sal saam na die psigiater se spreekkamer gaan en in die spreekkamer sal sy vir hom sê dat sy bekommerd is oor hom en dat sy graag wil hê hulle moet saam die psigiater sien om te kyk of hulle die probleem kan uitstryk. Hy sal daarby inval. Hy sal nie opstaan en uitloop nie. Nee, Koos Havenga sal deur die hele ding sit en dit in sy kop wegbêre om daaroor te gaan tob. Sy reël dit dan ook so met die prokureur.

"Koos, sal jy asseblief saam met my dorp toe gaan vanoggend?"

"Ek is besig om te stroop; ek sal nie kan nie."

Sy vat hom sag aan sy boarm. Hy kyk na haar – sy het lank laas aan hom gevat.

"Dit is vir my belangrik, asseblief, Koos." Sy probeer smekend lyk.

Hy sug. "Goed."

Toe hulle voor die psigiater se spreekkamer stilhou, vra hy: "Wat maak ons hier?"

"Kom net saam, asseblief, Koos." Sy klim uit, want sy kan hom nie in die oë kyk nie.

Hy klim stadig uit en stap saam met haar in. Hulle gaan sit voor die man wat professioneel na hulle kyk met 'n lêer oop voor hom.

Liesbet draai na Koos. "Koos, dit is dokter Du Toit. Ek wil graag hê dat ons, ek en jy, met hom moet praat oor alles – die snaakse goed wat jy doen en die invloed wat dit op my en die kinders het – en kyk of hy ons kan help. Miskien is daar iets fout met ons – met jou of met my – en dan kan ons dit probeer oplos." Sy besef sy praat in lang sinne en sy hoop dat die woorde só makliker sal vloei. Sy voel mislik. Koos kyk haar stip aan.

"Meneer Havenga, ek het alreeds 'n sessie met u vrou gehad en ek wil net graag 'n paar vrae vra," begin die psigiater.

Liesbet kyk na Koos. Hy kyk nog steeds vir haar. Toe draai sy blik stadig na die psigiater toe.

"Die keer toe u die bul met die trekker getrek het – dit het seker 'n paar ure geneem, nè?"

Koos knik stadig.

"Waaraan het u gedink terwyl u nou daar op die trekker gesit het?"

Koos roer nie.

"U moes darem aan iets gedink het, nie waar nie?"

Koos begin rondskuif op sy stoel. Hy kyk op sy groot hande. "Ek het aan niks spesifieks gedink nie." Sy stem is skor.

Die psigiater speel met sy pen in sy hande. "Die keer toe u die borsbeeld geverf het, waaraan het u toe gedink?"

"Ook niks spesifieks nie."

Liesbet begin sweet van spanning. Hierdie storie werk nie soos dit beplan is nie. Die psigiater probeer ander taktieke, maar sonder sukses. Koos ontwyk alles. Liesbet word kwaad. Dit is net soos hy is! Nie eers die psigiater kom verby die blou oë nie. Dit is asof dit 'n muur is.

"Meneer Havenga, sal u omgee as ek u ondersoek?" Hy haal sy stetoskoop uit.

Koos staan op en gaan sit op die ondersoekbed. Die man ondersoek hom, kyk in sy oë, luister na sy borskas.

"Sal u omgee as ek u vir die res van die dag hier hou? Ek moet sekere toetse op u doen en daar is sekere observasies wat ek graag wil doen."

Liesbet se hart ruk in haar keel. Koos draai sy gesig na haar. Sy linkeroog is ingedraai.

"Wat is hier aan die gang?" vra hy haar sag.

Liesbet vermy sy blik. Haar mond is kurkdroog. "Koos, die man wil net help. Ek is onder geweldige spanning oor die goed wat jy doen, en die kinders ook. Ons is bekommerd oor jou." Liesbet voel dat sy ten minste opreg is. Sy kyk na hom. Sy oog is steeds ingedraai.

"Hoekom is die enigste papier in sy lêer van Jaco Malan af?" Sy stem steeds skor.

Liesbet ruk haar kop na die lêer, maar sy kan nie sien nie, sy is te kort. "Koos ..." begin sy. Sy kyk na die psigiater. "Koos, ons wil net help." Sy voel magteloos. Dit is 'n gemors.

Stadig, sonder dat hy sy oë knip, begin die trane oor sy wange loop. Hy sit vooroor in sy stoel en sit sy gesig in sy hande.

"Liesbet..." Koos se stem is sag. Na 'n lang ruk kyk hy op. "Ek kan nie hierdie vrae antwoord nie. Ek kon nog nooit nie. Ek is die ou wat jou inry toe gevat het met 'n trekker. Ek is niks anders as hy nie. Hoekom is dit nie meer goed genoeg vir jou nie?"

Liesbet sukkel om haar selfbeheersing te behou. Sy blou oë is vol trane. Sy kyk weg en soek na woorde. Dit is lank stil.

"Goed, ek sal hier bly vir die dag. Ek wil net my hande gaan was."

Koos loop uit. Liesbet sug van verligting. Die psigiater kom sit weer agter sy lessenaar.

"Ek moet dit doen om die verslag geloofwaardig te laat lyk," verduidelik hy.

Liesbet antwoord nie. Haar kop is dof. Sy sit en wag vir Koos om terug te kom. Waar bly hy so lank? Sy wil dit nou agter die rug kry.

Die deur bars oop.

"Dokter, kom gou!" Dit is die ontvangsdame, haar oë soos pierings.

Die psigiater vlieg uit sy stoel op en storm in die gang af. Liesbet bly eers sit, maar dan hardloop sy agterna. Die dokter is by die badkamer in en Liesbet kyk by die deur in. Dit is asof 'n narkosemiddel deur haar bloed spuit. Sy is skielik op haar knieë, haar hand voor haar mond. Die kreet smoor in haar keel.

"Hy het nog pols," hoor sy die psigiater se stem iewers uit 'n ander wêreld.

Liesbet probeer opstaan, maar sy kan nie. Sy skuif stadig agteruit. Sy moet wegkom.

"Hy is te swaar, ek kan kom nie lig nie," hoor sy weer die psigiater. "Kry iemand om te help!" skreeu hy.

Liesbet kry dit reg om haar kop te lig. Koos se nek hang aan sy gordel wat aan 'n waterpyp in die badkamer vas is. Sy lyf ruk, sy oë is toe en sy gesig bloedrooi. Onder hom lê die badkamer se vullishouertjie, omgeval. Sy bene ruk so dat die skoene afval. Hierdie keer kry Liesbet 'n kreet uit. Sy steier orent na Koos toe, maar haar bene kan haar nie dra nie. Sy val weer op die grond. Sy skreeu soos sy huil. Mense hardloop oor en om haar.

"Sy pols is weg," hoor sy.

"Jissus, hy is te swaar!" hoor sy weer.

"Kry 'n mes!" skree nog iemand.

Dit raak stil. "Hy is weg."

"Nee! Nee! Nee!" Sy voel iemand help haar orent en in die gang af. Sy gaan lê êrens op 'n bed. "Nee, nee ..." Toe voel sy die naaldprik.

Haar kop is dof. Mense draai om haar. Sy sien vir Lien. Toe staan sy op, slaan haar arms om Lien en kyk op in Ada se blou oë. Haar wêreld gaan staan. Ada se linkeroog is binnetoe gedraai.

"Hy was te swaar," is al wat sy kan uitkry.

Die Baron & Grill, 22:00

"Daar is 'n paar feite waarby ons nie verby kan kom nie. Die eerste een is dat die welvaart wat nou geskep is, feitlik heeltemal aan die wittes behoort. Die werkskepping wat nodig is, vind nie plaas nie. Die swartes is nog steeds so arm soos gedurende die apartheidsera."

"*Rubbish*, Johan!" Stefan het blykbaar sy asem terug. "Daar is 'n swart middelklas wat besig is om te groei en dit lê in die hart van ekonomiese groei. Swart koopkrag het die afgelope dekade geweldig toegeneem."

"En wit koopkrag, Stefan?" Johan grawe in die grondboontjies rond op soek na die rosyntjies.

"Ja, wit koopkrag het ook toegeneem." Stefan begin onseker lyk.

"Die verhouding is nog steeds dieselfde as in die apartheidsjare. Die meerderheid van die koopkrag lê nog steeds by die wittes." Johan kyk na Theuns vir bevestiging. Theuns knik.

"Maar wat is jou punt? Ons is dus nou almal ryker."

"Sy punt, Stefan, is dat dit nie is wat die swartes wil hê nie," tree Bert tot die gesprek toe. "Hulle wil hê dit moet baie beter met hulle gaan as wat dit met die wittes gaan. Hulle haat dit dat dit so goed gaan met die wittes. En dit gaan goed met die wittes, sommer baie goed. Maar hulle *like* dit nie."

"Dit bring ons nog nie by trek uit nie, kêrels," kom Martinus weer in.

"Jong, dit is vrouens wat 'n man laat trek. Hulle het 'n manier om met 'n ding aan te gaan en as dit nie vir hulle was nie, het ons nou nog almal in die Kaap gesit. Kaalvoet oor die Drakensberge, het hulle gesê." Almal kyk Bert aan.

"Jou geskiedenisonderwyser moes jou meer gemoer het op skool. Wat se twak praat jy? Behalwe dat jy histories gestrem is, is jy ook geografies gestrem. Van wanneer af is die Drakensberge tussen die Kaap en die Vrystaat? Nee wat – ek dink dit is die eenheidsgevoel tussen mense. Een ou begin met die ding en die ander volg soos 'n trop skape." Theuns vat 'n lang teug aan sy whiskey.

"My vrou sal in elk geval nie trek nie," sê Gys. "Sy is so gatvas aan haar ma en susters dat sy die konsep van emigreer as die ekwivalent van kettery beskou."

"Wat sê jou vrou, Jaco?"

"Sy sien uit daarna. Sy het 'n string vriendinne wat al daar bly. Dit is glo wonderlik dat jy nie saans jou huis hoef te sluit of slaappille hoef te drink as jou man êrens heen is nie. Dit is glo so Afrikaans daar dat dit eintlik voel soos die tiende provinsie van Suid-Afrika. Daar is tot Afrikaanse skole, Afrikaanse kerke, Afrikaanse winkels wat Mrs Balls-*chutney* aanhou. O ja, sy sê die beste Suid-Afrikaanse plastiese chirurge is ook reeds daar om die *boob job* te doen wat ek haar beloof het."

Daar gaan 'n gelag om die tafel op.

❀ ❀ ❀

Hy beweeg tot by die Afrikaanse literêre werke. Boerneef se versamelde werke, Mahala *van Chris Barnard,* Kennis van die aand *van André P. Brink. Jaco onthou nog hoe hy as tiener net die sekstonele in die boek gesoek het en eers heelwat later die hele boek weer deeglik gelees het. Elsa Joubert se* Poppie Nongema. *Dit het hom vir die eerste keer die persoonlike lyding van swartes onder apartheid laat besef.* Magersfontein, o Magersfontein! *van Etienne Leroux. Hy haal die boek uit die boekrak. Hy kyk na die foto van Koos de la Rey op die voorblad en dink aan die liedjie van Bok van Blerk. Hy maak die boek oop.*

"Die twee pare vyande het oor en weer in mekaar hulle alter ego's gevind; hulle onderskeie swakhede en genialiteit het 'n stewige piramide gevorm: die onbetroubaarheid van geskiedskrywing het die twee ou manne die wit narre gemaak en die twee jonger manne die swart narre in die tragikomiese kosmiese konfrontasie waar bloed in die suiderland gevloei het om weer eens te bewys 'Hieronymo's mad againe'."

Hy klap die boek toe, gaan leun teen die boekrak en sug. Voor sy oë is die Groot Verseboek.

Jaco knyp sy oë eers styf toe. Toe haal hy die boek uit die boekrak en gooi dit in die asblik.

Die bemarker

Jaco se vingers trommel op die stuurwiel van sy sjampanjekleurige C 320-Mercedes Benz. Die verkeer op die M1-snelweg is weer stadig vanoggend. Die voertuie maak 'n lang ketting wat soos 'n slang se kronkels om die draaie van die stedelike landskap verdwyn. Hy haal die pakkie Marlboro uit die bosak van sy Timberland-hemp, skud een uit en sit dit tussen sy lippe. Toe die sigaretaansteker klik, druk hy die rooiwarm spiraal van ysterallooi teen die sigaret. Hy vat 'n behaaglike trek terwyl hy met sy regterhand die elektroniese knoppie wat sy venster laat oopgaan, 'n breukdeel van 'n sekonde lank druk sodat die venster 'n sentimeter oop beweeg. Hy blaas die eerste rookwolkie by die opening uit. Dan haal hy met sy linkerhand die Oakley-sonbril uit die skadukap van die voertuig en plaas dit oor sy oë. Sy Breitling wys dat dit nege minute oor sewe is. Die selfoon bliep vir 'n sms: *Moenie vergeet om Jacques by Stefan te gaan haal nie.*

Jacques is hulle enigste seun. Die naam is uit 'n boek gekies. Dit beteken blykbaar om iemand se plek in te neem. Hy sou eerder sy pa wou vernoem, maar Ansua het aangehou dat dit te outyds is. Mens doen dit nie meer nie. "Dit is so *yesterday*," was haar woorde. Jacques werk ewe goed in Engels terwyl sy pa se naam, Kobus, vinnig *Koubis* in Engels sou word.

Jaco moes vinnig sy voete in die stad vind nadat hy so inderhaas van die platteland af weg is. Die ondersoek na Koos Havenga se dood was lastig en om te keer dat hy van die prokureursrol geskrap word, het hy aangebied dat hy homself sal verwyder. Sy pa het ongeveer daardie tyd ook sommer besluit om die bediening te verlaat en hulle het op die plaas gaan bly waar Jaco as kind dikwels gaan kuier het. Sy pa het toe maar 'n klein boerderytjie begin. Jaco kon nie veel van sy bates te gelde maak nie en het relatief arm in die stad aangekom. Hy kon gelukkig die werk by Diepraam kry, want sy regsagtergrond was vir Diepraam belangrik.

Die oorskakeling van die regsberoep na die advertensiewese was maklik. Die ou wat die langste kan lieg, wen.

Hy sien die advertensiebord verder in die straat af. Elke keer wanneer hy een van sy maatskappy se advertensieborde sien, vul dit hom met trots. "Dit is ek daai," wil hy hardop sê.

Die grondeienaar is Joel Jacobson, 'n moeilike ou Jood, maar Jaco het hom gevlei deur 'n paar Hebreeuse woorde te gebruik en net ná Jom Kippoer vir hom 'n kas Chivas te laat aflaai. Hy het seker gemaak hy weet alles van Jacobson: Dat sy ouers in die vroeë 1900's uit Pole gevlug het en dat hulle eers in die Vrystaat gebly het. Dat Jacobson begin geld maak het deur die eerste kantoorblok in Sandton te ontwikkel. Dat hy lid van die Houghton Schul is en dat hy dink rabbi Harris is 'n bietjie te veel van 'n politikus en te min van 'n rabbi. Jacobson het uiteindelik geteken en die bord is 'n paar maande later op.

Die adverteerder op die bord by Jacobson is nou 'n biermaatskappy en die advertensie se kreatiewe uitvoering is power. Waar is die handelsmerk? Klein weggesteek in die hoek regs onder. Weer net 'n tydskrifadvertensie wat vergroot is vir die advertensiebord. Die swape besef nie dat 'n tydskrif nooit verder as 30 sentimeter van jou oë af is nie, maar vir 'n advertensiebord moet die teks inderwaarheid nog leesbaar wees op 2,8 meter en selfs van waar jy agter jou lessenaar sit.

Hy onthou nog sy eerste advertensie. Dit was vir 'n nuwe opleidingskollege. Die meisie was onervare, maar Jaco het haar bearbei. Ag, eers net die gewone goed soos 'n sms na die eerste ontmoeting wat sê: "Lekker om jou te ontmoet." Dan 'n klein geskenkie – gewoonlik gee hy 'n skoonheidsmiddel – by die tweede ontmoeting. Hy het wysigings aanbeveel om die advertensie beter te laat werk. Die handelsmerk moet groot wees en die boodskap moet nie langer as sewe woorde wees nie. Die leestyd van 'n gewone motoris is 1,7 sekondes en in daardie tyd kan jy nie meer as sewe woorde lees nie. Sy was beïndruk met al Jaco se kennis.

Toe was daar die rit om die presiese posisie van die advertensiebord vir haar te wys. Dit het saamgeval met middagete in 'n restaurant wat sy normaalweg nie kan bekostig nie. Duur wyn bestel, kreef geëet en lekker gekuier.

Die volgende dag gaan haal jy die kontrak. Dan bring jy die Mont Blanc-balpuntpen as die ondertekeningsoenoffer saam, wat sy dan kan hou. Die meeste mense hou daarvan om spesiaal te voel. Daarna is die besluitneming redelik maklik.

Hy het die kontrak met haar nog drie keer daarna herhaal. Maar toe is sy weg na 'n ander werk en haar plaasvervanger was 'n swart man. Dit het Jaco se strategie omver gegooi.

Ja, dink hy, net sodra hulle mooi gewoond is aan jou, dan gaan hulle weg en moet jy van voor af begin. In daardie dae het hy alles gedoen, want die maatskappy was nog klein. Nou doen hy net bemarking. Bemarkingsdirekteur by Diepraam Outdoor – dis sy formele posbenaming, en sy salaris en bonusse is goed. Nie ryk nie, maar 'n lekker leefstyl. Hy het tyddeel by die see oor Desember en sy huis is darem halfpad afbetaal. Hy het 'n motorboot waarmee hulle naweke Vaalrivier toe gaan en hy was al twee keer in Mauritius. Natuurlik was hy al oorsee vir rugbytoere saam met kliënte.

Soms voel dit vir hom asof hy meer terugverlang na die verlede as wat hy uitsien na die toekoms. Dit is seker maar die ouderdom. Veertig het hom nogal onkant betrap. Nie geestelik nie, maar fisiek. Ten spyte van gereelde besoeke aan die gimnasium word hy soms met rugpyn wakker. Die een skouer wil nie meer lekker bo die kop oplig nie. En dan die knie ... maar dit is 'n ou rugbybesering.

"Jaco, kan jy na my kantoor toe kom?"

Dit is James Diepraam, die besturende direkteur en enigste aandeelhouer van Diepraam Outdoor. Die baas dus. En 'n Hollander daarby.

"Sit, Jaco. Wil jy koffie hê?"

Diepraam is nie normaalweg so vriendelik nie. Jaco is suspisieus. "Asseblief."

"Twee koffies asseblief, Linda," praat Diepraam in sy interkom met sy sekretaresse.

"Jaco, ek wil nie doekies omdraai nie. Ek hoef nie vir jou te sê van alles wat rondom ons gebeur nie. Ons is 'n maatskappy wat hoofsaaklik wit is. Die aandeelhouer is wit, die direksie is wit en negentig persent van die mense wat hier werk, is wit. Ons moet verander. BEE, jy weet mos: Black Economic Empowerment, overgeset synde Swart Ekonomiese Bemagtiging. Ek persoonlik dink dit is deel van 'n herverdeling van rykdom. Die Nazi's het dit ook met die Jode gedoen. Ek het 'n konsultant aangestel om vir ons ondersoek in te stel en dan aanbevelings te doen. Ons moet oor 'n paar jaar aan die volgende vereistes voldoen." Diepraam sit sy leesbril op en lees van 'n dokument af. "Vyftig persent swart direksie, vyftig persent swart mense in diens, vyftig persent van ons verskaffers moet BEE-maatskappye wees. Ons moet dan ook vyf persent van ons wins aan entrepreneursontwikkeling in swart maatskappye bestee, een persent van ons wins aan sosiaal behoeftiges, en drie persent van ons salarisuitgawe aan opleiding van voorheen benadeeldes."

Hy kyk op na Jaco. "En dan moet ons intussen nog probeer om 'n wins ook te maak." Hy haal sy bril af en leun vooroor op sy arms.

Jaco hou glad nie hiervan nie. Waarop stuur Diepraam af? "James, maar het hulle gedink oor hoe dit gaan gebeur? Daar is mos nie genoeg opgeleide swart mense om dit te doen nie."

"Maklik, Jaco. Hulle het dit slim beplan. Die sleutel lê in die vyftig persent van die verskaffers wat BEE moet wees. Wat dus gaan gebeur is die volgende: Die groot maatskappye gaan net druk op hulle verskaffers uitoefen om aan die BEE-kodes te voldoen. Neem nou vir ons as voorbeeld: Al ons kliënte is groot maatskappye. Hulle gaan druk op ons uitoefen om aan die vereistes te voldoen en ons gaan weer druk op ons verskaffers uitoefen. En *voilà*, jy het jou transformasie!"

"Wie gaan druk op die groot maatskappye uitoefen?"

"Die regering. Jy moet weet, elke liewe groot maatskappy is afhanklik van die staat. Dit is óf kontrakte, óf lisensies, óf gewone regulasies. Dit is waar die regering die druk uitoefen. Dit is klaar aan die gang. Waar dink jy kom hierdie sogenaamde BEE *charters* vandaan?" gaan Diepraam voort. "Nou, dit is hoekom ek die gesprek met jou het. Die konsultant het alreeds vir ons mense geïdentifiseer wat by ons kan kom werk. Jou kontrak geld tot die einde van die jaar. Ek oorweeg dit om jou te vervang met 'n swart man wat die konsultant geïdentifiseer het."

Diepraam kyk nou heeltyd op sy papiere. Jaco sit stil. Hy is geskok. 'n Gevoel van paniek sak op hom toe. Hy sluk 'n paar keer.

"James, jy is nie ernstig nie," kry hy dit uit.

Diepraam trek sy gesig op 'n plooi. "Jaco, ons kom al 'n lang paadjie. Dit is nie vir my lekker nie, maar ek moet na die belange van die maatskappy omsien. Jy sal verstaan." Hy kyk darem hierdie keer op.

"James, ek is ses en veertig jaar oud. Waar gaan ek weer werk kry?" Jaco is driftig. "Dit is mos omgekeerde apartheid."

"Jaco, ek maak nie die reëls nie. Ek moet doen wat ek moet doen om te oorleef, anders gaan die maatskappy ten gronde. As dit jou sal troos: Ek moet dieselfde gesprek met elke ander wit man in die maatskappy hê." Diepraam sit terug en vou sy arms voor sy bors.

Jaco ken hierdie lyftaal van Diepraam: Dit is nie sy skuld nie. Jaco weet nie wat om te sê nie. "James, wat moet ek doen om jou my kontrak te laat hernu? Sê my asseblief?" Hy kyk smekend na Diepraam.

"Jaco, ek weet nie. Ek kan nie vir jou sê nie. Jou verkope lyk goed, maar die nuwe man kan vir ons regeringskontrakte beding wat baie groot is."

"James, jy weet dat die regeringskontrakte nie naastenby so groot is soos die privaat sektor s'n nie. Dit kan nie so groot wees nie," kap Jaco terug.

"Ja, Jaco, maar een so 'n kontrak is wat jy in 'n jaar vir Diepraam verkoop. Een regeringskontrak." Diepraam hou sy wysvinger in die lug. "Maar kom ons kyk hoe lyk die syfers teen die einde van die jaar. Miskien kan ons 'n plan maak." Hy kyk weer af na sy papiere.

Jaco sit 'n rukkie stil. Dan staan hy stadig op en kyk na Diepraam. Diepraam bly kyk vir sy papiere en dit is duidelik dat hy net wil hê dat Jaco moet loop.

Op pad terug na sy kantoor toe roep iemand hom. Dit is Melanie, een van die junior bemarkers in die firma. Hy draai om.

"Monica sê dat Helen Roos de moer in is oor die advertensiebord van Jade-sjampoe langs hulle kantoor. Blykbaar kyk haar kantoor direk daarop uit." Helen Roos is die bemarkingsdirekteur van Silky-sjampoe.

"Maar wat is haar storie? Ons het dit dan vir Monica aangebied en sy wou dit nie gehad het nie. Sy doen mos die aankope vir Silky." Jaco krap in sy oor. "Kom ons gaan sit in my kantoor." Hy wil nie die gesprek in die gang voer nie.

"Ja, ek onthou, maar dit is juis hoekom Monica bel. Sy sê as dit ter sprake kom, moet ons nie laat blyk dat ons dit vir haar aangebied het nie. Sy sal ge-*fire* word." Melanie se oë is groot.

Melanie is mooi. Dit is 'n ou *adage* in die buitelugreklamebesigheid. "If everything else fails, send in the skirts." Melanie is 'n *skirt*. Baie mooi, sexy lyf, *cleavage* en 'n bietjie brein ook.

"Monica se moer, man. Sy het drooggemaak en nou wil sy hê ons moet haar beskerm. Sy wou nog nooit borde by ons koop nie. Sy is hand om die blaas met Ricco Outdoor. Arrogant ook. Sy dink as sy dit nie koop nie, sal niemand anders dit koop nie, want sy koop namens die groot, magtige Silky. Laat dit vir haar 'n les wees." Jaco beskou dit as afgehandel.

"Ja, Jaco, maar jy weet Monica-hulle het nou net die advertensierekening van Desibell Electronics gewen. Ons het baie borde van Desibell."

Melanie gaan nie laat los nie. Diepraam het inderdaad baie advertensies van Desibell. Die bemarkingsbestuurder van Desibell was Ansie de Beer met wie Jaco 'n besonderse verhouding gehad het. Hy het haar die spesiale behandeling gegee. Die Louis Vuitton-handsak en 'n vakansie Kroasië toe het die truuk gedoen. Maar Ansie het geëmigreer Australië toe.

Jaco was nie daarvan bewus dat Desibell nou 'n advertensie-agentskap gebruik om hulle advertensiespasie te koop nie. Advertensie-agentskappe het die vermoë om transaksies te kompliseer. Hulle is arrogant en het geen benul wat die waarde van buitelugreklame is nie. Monica Simmons werk vir die KNN-advertensie-agentskap en as hulle nou Desibell ook as 'n kliënt het, dan moet sy dalk beter behandel word. Maar Jaco-hulle kry min besigheid van KNN. Hulle het byvoorbeeld geen Silky- besigheid nie, ten spyte daarvan dat Silky een van die grootste adverteerders in Afrika is.

"Melanie, laat ek eers 'n bietjie dink. Ek is nie lus om Monica te beskerm nie. Sy het drooggemaak." Jaco haal 'n sigaret uit sy sak en tik dit teen die lessenaar.

Sy staan op en Jaco kyk haar agterna. Sy oë gly oor haar lyf en bene. Hy wonder hoe dit sal wees. Met Melanie. Nie op jou voorstoep nie, is egter 'n les wat Diepraam hom vroeg geleer het.

Jaco sit en dink. As hulle hierdie ding reg speel, kan hulle Silky dalk as 'n kliënt wen. Dit sal Diepraam wys. Hy sal hom dan weer moet aanstel. As hy daardie kontrak voor Diepraam neergooi, sál hy weer aangestel word. Hy weet dit. Hy besluit om eers navorsing oor Helen Roos te doen, want hy weet nie veel van haar nie. Shirley is nie hier nie, dus sal hy dit self moet doen.

Nadat hy rondgebel het, kyk hy ook op die internet en druk alles uit wat hy oor haar kan kry. Die vrou is cliché-agtig formidabel. Vinnige opgang gemaak, toe 'n ruk oorsee gewerk en teruggestap in die pos by Silky.

Jaco werk vinnig deur die webbladsye en sit terug in sy stoel, 'n sigaret in die hand. Hoe hipnotiseer ek haar? Sy is intellektueel, sy is mooi en sy is skerp. Die Roos-mense is gewoonlik hardkoppig, dus gaan 'n gewone afspraak en die nodige sjarme daarmee saam nie hier werk nie. Ook nie die normale geskenke nie. Hierdie vrou het alreeds al die trofees van suksesvolle besigheidsmense.

Sy is getroud, maar haar man bly in Kaapstad. Sy pendel naweke. Hy is een van daardie kunstenaar-argitekte met 'n poniestert en John Lennon-brilletjie.

Dit is waar ek haar gaan aanvat! Op die terrein van die kunste. Maar hoe? Sy kunskennis is maar beroerd.

Hy het dit! Die intellektuele is lief vir hulle gedigte. Hy gaan vir haar 'n digbundel stuur, na haar huis toe, nie na haar werk toe nie. Net eers uitvind waar sy bly.

Jan Botha werk vir 'n sekuriteitsfirma, maar was saam met Jaco op skool. Hulle het nog so nou en dan kontak met mekaar. "Jan, Jaco hier."

"Jaco, ou maat, hoe gaan dit?"

"Nee man, goed, en jy?" probeer Jaco hierdie formaliteit afhandel.

"Nie klagtes nie, man."

"Jan, ek wil jou 'n klein gunsie vra."

"Enigiets vir Jaco Malan, solank dit net nie my vrou is nie," lag Jan.

"Ek soek iemand se huisadres."

"Wie, Jaco?"

"'n Vrou met die naam Helen Roos," en Jaco gee die res van haar agtergrond vir Jan.

'n Uur later kry Jaco 'n sms: "Livingstone Villa 7, Crescent Drive 174, Bryanston."

Hy ry boekwinkel toe. Sy plan is om 'n digbundel te koop, 'n spesifieke gedig met sy visitekaartjie te merk en te hoop sy lees dit. Die gedig moet van pas wees. Hy sal maar moet soek. Gelukkig het hy nog genoeg tyd voor hy Jacques by die skool moet oplaai.

By die boekwinkel besluit hy om eers in die *Groot Verseboek* te soek. Hy onthou vaagweg van 'n digter wat iets oor die advertensiebedryf gesê het, maar hy het nie 'n idee wie dit was nie.

Terwyl hy deur die boek blaai, lees hy van die gedigte. Uiteindelik vind hy dit. Dit is G.A. Watermeyer se "Kronieke van 'n reklameman". Ditsem! Dit is 'n goeie gedig om te gebruik. Hy hou veral van die stuk wat sê:

> *skreeu ek alle stemme om my stil*
> *met 'n verwyt van verlore somers.*

Die stuk wat hy vir Helen Roos wil onderstreep, is egter in die eerste strofe:

> *en met my treurige snawel van verslete opstand*
> *pluk ek uit die trae waters van my lewer*
> *stukkies rou rym op verkoopsmaat*
> *verbete formules vir witter wasmiddels*
> *haarsjampoe-himnes in die onoortrefbare trap*
> *en 'n slagkreet vir seep*
> *wat landswyd uitskuim*
> *in die betaalde kolomme.*

Hy kyk agterin en sien dat die gedig uit die bundel *Bitter brood* kom. Dié bundel sal nie in hierdie winkel te kry wees nie, maar dalk by 'n tweedehandse boekwinkel.

"Dame, ek wonder of u my kan help." Hierdie sin werk altyd met enigiemand, behalwe wit mans. Voeg 'n breë glimlag by en jy is halfpad daar. "Ek is op soek na 'n digbundel van G.A. Watermeyer, met die naam *Bitter brood*. Ek wonder of julle dit het." Die winkelassistent begin frons. "Ek en my vrou was vir 'n ruk vervreem, maar ons ontmoet môreaand om dinge te probeer regmaak en ek wil 'n spesiale geskenk vir haar gee. Ek weet dat sy 'n groot Watermeyer-aanhanger is. Ek hoop so dit kan uitwerk..."

Jaco weet dat die meisie nou haar bes sal probeer. Sy lewensgeluk hang immers daarvan af. Sy wil nie die een wees wat 'n moontlike mislukking veroorsaak nie.

"Meneer, ek weet ons het dit nie, maar ek sal gou rondbel en uitvind."

"Ek hoop ons kry dit." Die woordjie "ons" suggereer dat hulle twee nou saam in die ding is. "Ek loer nog so 'n bietjie rond terwyl jy bel."

Hy kyk na die magdom tydskrifte in die boekwinkel. As jy 'n produk wil bekend stel, hoe op dees aarde besluit jy in watter een jy gaan adverteer? Ja, jy kan praat van teikenmarkte en profiele, maar die feit bly dat die sirkulasiesyfers net 'n klein gedeelte van daardie profiel bereik. Hoe bereik jy die res? Jy gebruik buitelugreklame. Hy het dit al baie keer gedoen, veral vir die onervare aankopers van advertensiespasie. Die aankoper dink omdat sy (dis altyd 'n sy) 'n tydskrif lees, lees die hele wêreld die ding. As jy die sirkulasiesyfers 'n bietjie onder hulle neusies vryf, dan raak hulle onseker.

Dit is waar Jaco hulle dan meesleur met die maklike, logiese keuse van buitelugreklame. Gepaard, natuurlik, met die gepaste aanmerkings soos: "Ek hou van jou horlosie," en "Watse parfuum dra jy?" ensovoorts. Jy loop jou wel vas teen die "I don't like outdoor"-tipe wat omgewingsbesoedeling teen jou voorkop gooi. Sy standaardantwoord is gewoonlik dat dit minder skadelik is as die duisende bome wat afgekap moet word om 'n enkele tydskrif uit te gee, of dat 'n advertensiebord minder besoedel as die motor waarmee jy vandag werk toe gery het. Maar teen die tyd dat jy daar kom, weet jy daar is nie 'n moontlikheid dat die persoon advertensiespasie gaan koop nie. Hulle hou gelukkig ook nie lank in die advertensiebedryf nie. As jy morele kwessies het, is die advertensiebedryf die laaste plek waar jy jouself moet bevind.

"Meneer..."

Hy skrik effens toe hy die stem agter hom hoor.

"Ek het vir Meneer 'n eksemplaar gekry."

"Jy is 'n absolute skat," sê Jaco en gee haar 'n warm druk.

Sy bloos. "Dit is by Amber Books in Meyerstraat en hulle hou dit vir Meneer." Sy druk haar bril terug op haar neus.

"Wat is jou naam?" vra Jaco om die skyn te bewaar.

"Miempie," antwoord sy skaam.

"Nou ja, Miempie, ek bly jou ewige dank en trou verskuldig." Jaco vat haar hand en soen dit liggies. Sy giggel skaam. Hy koop darem die *Groot Verseboek* en maak hom uit die voete.

Hy is nog betyds om Jacques op te laai.

"Howzit, Pa!" kom dit ewe jolig van Jacques.

"Nee, goed. Hoe was skool?"

"Nee, Pa, die *maths teacher* het ons *grief* gegee oor ons *homework* nie *up to date* was nie. *She schemes we're just lazy.* Ek laaik haar niks. *I think she is daft.* Sy't ons na die *chief* gestuur en *now we have to sit detention for the rest of the week,*" borrel dit uit.

Jaco is nie 'n taalstryder nie, maar die taal – as 'n mens dit 'n taal kan noem – wat sy seun praat, stuit hom teen die bors. Maar hy kan seker nie kla nie. Hy en Ansua het besluit op 'n Engelse hoërskool en na drie jaar daar het die Afrikaans op laerskoolvlak gebly terwyl die Engels van akademiese standaard is.

"In my tyd het ons doodeenvoudig pak gekry as ons huiswerk nie klaar was nie," sê Jaco ewe sedig.

"Pa, *you know that* lyfstraf was *banned*. Ek is bly oor dit," kom dit weer uit.

"Daaroor," kom dit van Jaco.

"Huh?"

"Ek sê 'n mens sê 'daaroor', nie 'oor dit' nie," probeer Jaco verduidelik.

"*Yeah, whatever*, Pa." Jacques tel die digbundel op en kyk daarna. "*Since when have you been into poetry*, Pa?" vra hy terwyl hy deur die boek blaai.

"Dit is 'n present," kom dit kortaf van Jaco.

"'n Present? *Since when do you give books as a present? It's usually a pen or cosmetics or rugby tickets.*" Jacques begin hom suspisieus aankyk.

Jaco voel hy word rooi. "Toevallig weet ek die kliënt hou meer van digbundels as penne." Jaco voel sy opsies raak op. Gelukkig laat die kind dit daar.

Jaco het die gedig met sy visitekaartjie gemerk en die digbundel gaan aflewer by die adres wat Jan hom gegee het. Nou wag hy. Sy sal bel. Hy is ietwat senuweeagtig omdat dit die mees ambisieuse skema is wat hy nog aangepak het. As hy Silky as 'n kliënt kan wen, wag daar 'n reusebonus op hom.

Die volgende dag lui sy telefoon.

"Jaco Malan," antwoord hy.

"'n Poësieliefhebber in die advertensiebordbesigheid is 'n bietjie van 'n anomalie." Dit is die stem van 'n vrou.

Dit is sy! Helen Roos.

"Wie praat nou?" maak Jaco asof hy nie weet nie.

"Dis Helen Roos," kom die stem weer.

"O ja!" Jaco maak of hy effens lag. "Maar ek hoop ek het jou aandag getrek."

"Jy het my aandag, Jaco Malan. Die vraag is of jy dit kan hou."

"Ek weet van 'n lekker koffieplek nie ver van jou kantoor af nie," stel Jaco voor.

"Ek doen nie die koffieding nie," antwoord Helen. Jaco probeer vinnig dink. "Of ontbyt of middagete nie," gaan sy voort.

Jaco voel die grond begin onder hom wegkalwe. Nou moet jy vinnig dink, Jaco Malan, flits dit deur sy gedagtes.

"Hoe los ons dan die probleem van die advertensiebord van Jade-sjampoe voor jou kantoorvenster op?" gryp hy na 'n grashalm.

"Vertel jy my," gaan sy voort.

Jaco sien die gaping. "Jy dink seker nie ons gaan dit sommer so oor die telefoon doen nie. Jade-sjampoe is 'n belangrike kliënt van my." Jaco voel die grond is nou ferm onder hom.

"Kom sien my dan," antwoord sy streng.

"Nee, dit klink of jy my soos die skoolhoof na jou kantoor toe ontbied. My voorstel is neutrale grondgebied." Jaco voel hy is nou in beheer. "Die koffieplek naby jou kantoor. Ek dink die naam is Jean's Coffee House." Jaco bly stil. Sy antwoord nie dadelik nie.

"Nou goed, môremiddag drie-uur. Hoe sal ek weet hoe jy lyk?" Sy klink meer gelate.

"Moenie jou bekommer nie. Ek weet hoe jý lyk." Jaco voel hy het nou sy laaste kaart gespeel.

"Nou goed, Jaco Malan, môremiddag drie-uur."

"Sien jou daar!" Jaco blaas sy asem stadig uit nadat hy die gehoorstuk neergesit het. Sy is beslis nie die soort vrou met wie hy tot dusver te doen gekry het nie. Mont Blanc en Louis Vuitton gaan nie hier werk nie. Hy sal sy strategie fyn moet uitwerk. Jade-sjampoe is 'n belangrike kliënt, hoewel Silky 'n baie groter adverteerder is. As hy die bord laat afhaal, moet hy 'n goeie storie vir Jade-sjampoe kan spin, anders verloor hy hulle ook. Jade-sjampoe se mense was ekstaties oor die advertensiebord op Silky se voorstoep. Hulle sal nie maklik laat los nie.

Hy kan die bord laat afhaal in ruil vir besigheid van Silky. Die vraag is hoeveel besigheid? En wat sê hy vir Jade? Die beste is om vir Jade te sê die grond waarop die bord staan, is verkoop en die nuwe eienaar gaan ontwikkel en daar is nie plek vir 'n advertensiebord nie. Dis redelik maklik. Vir Helen Roos sê hy dat hy vreeslik besigheid van Jade gaan verloor as hy die bord afhaal en sy moet kompenseer daarvoor deur 'n hele paar borde by Diepraam te koop. Dit klink vir hom heel logies. Met die kenmerkende Jaco-sjarme behoort hy die wa deur die drif te trek.

Voor drie-uur sit hy al by 'n tafel in die hoek. Hy herken haar toe sy instap. Hy staan op en beduie vir haar. Hy was nie voorbereid op wat hy sien terwyl sy aangestap kom nie. Haar bene is mooi gevorm waar dit onder haar romp uitsteek. En hulle is lank. Haar lyf is in perfekte proporsies en sy wieg soos 'n wilgerlat. Sy het 'n bloes aan wat haar borste mooi wys. Sy is een van daardie mense wat strate beter lyk in die regte lewe as op enige internetfoto waarna hy gekyk het. Hy voel hoe sy keel droog word. Die vrou is beeldskoon. Haar oë is viooltjieblou en haar skouerlengte hare is agter haar mooi, fyn oortjies ingesteek.

Sy steek haar hand uit en haar stem is heser as wat hy dit onthou van die telefoongesprek.

"Helen Roos."

Haar stem ruk Jaco uit sy oorbluftheid. Hy vind dit moeilik om sy eie stem terug te kry en moet eers keel skoonmaak voor hy homself kan vertrou.

"Jaco Malan," kry hy dit net-net uit. Toe hulle gaan sit, merk hy dat sy 'n diamanthorlosie aanhet. Honderd en tagtig duisend rand, flits dit deur sy kop en hy maak sy mond oop om haar daaroor te komplimenteer toe sy hom in die rede val.

"Jy lyk baie anders as wat ek jou voorgestel het," en sy glimlag.

Jaco is nog steeds oorbluf. Die glimlag laat haar gesig ophelder en dit beklemtoon haar skoonheid. Sy kyk hom vol in die oë. Jy moet nou iets sê, Jaco, anders gaan jy soos 'n skoolkind begin lyk, dink hy.

"Ek het gedog jy is 'n bietjie van 'n *nerd* wat gedigte lees."

Sê iets, Jaco! Sy gedagtes jaag deur sy brein, maar hy sukkel om woorde daarvoor te vind. Toe hy begin praat, is sy keel so droog dat hy weer moet keel skoonmaak voor hy die woorde kan uitkry.

"Ek besef dat die gedig wat ek in die boek gemerk het, onvanpas was. Jy lyk nie soos iemand wat rou rym uit die trae waters van jou lewer pluk nie." Jaco is verbaas oor sy eie woorde, maar hy is weer in die moeilikheid met haar volgende vraag.

"Nou watter gedig sou meer van pas wees?" wil sy weet.

Nou's jy vas, dink hy. Moet net nie paniekerig raak nie. Dink net mooi. Een van die gedigte wat hy in die boekwinkel gelees het, kom by hom op.

in my baadjiebinnesak
is 'n blaar en 'n duifie
'n karba vol wyn
my klein prinses

Sy glimlag weer en buig haar kop effens na die kant toe. Haar hare val agter haar oor uit en skuif langs haar gesig in. Vir Jaco voel dit asof die res van die plek uit fokus raak. Net haar gesig is kristalhelder in die middel van die waas.

"Maar moenie my vra wie dit geskryf het nie." Vir Jaco voel dit of sy stem uit 'n tonnel kom. Hy is egter desperaat om nie uitgevang te word nie.

"Ek voel gevlei dat die gedig by jou opkom," sê sy met 'n sagte stem. Wat volg, laat Jaco se moed die grond tref, want sy is duidelik 'n fynproewer. "Fanie Olivier het dit geskryf en die gedig se naam is 'eerste aand'."

Hy voel lus om dadelik aan haar te beken dat hy eintlik

niks van gedigte af weet nie en dat dit geweldig pretensieus van hom is. Maar die gevoel wat hy van haar kry, is een van warmte en sy intuïsie waarsku hom om nie enige iets te bely nie.

"Kom ons bestel koffie," probeer hy iets veiliger en hy wink 'n kelner nader. Hy merk egter dat haar gesig effens val en hy besef dat dit 'n flater was. Hy draai na haar en sit sy handpalms na bo gedraai op die tafel. Hy sien sy kyk na sy hande. "En inspireer ek enige poësie van 'n klein prinses af?"

Sy lag en Jaco lag saam. 'n Goeie *comeback*, Jaco, klop hy homself op die skouer. Kophou nou!

"Jaco Malan, jy verbaas my al hoe meer." Hy kyk hoe haar sagte lippe die woorde vorm. "Hoe beland iemand soos jy in bemarking?"

"Daarvoor sal ons koffie nodig hê," sê hy glimlaggend. Die kelner is reeds langs die tafel.

"Cappuccino," bestel sy.

"Dieselfde," val Jaco ook in.

"Waar is jy gebore?" vra sy.

Die vraag verras Jaco, maar tog antwoord hy eerlik. Kort voor lank vertel hy haar min of meer sy hele lewensverhaal, ryk met kwinkslae en pittigheid gekleur. Sy geniet dit. Dit kan hy sien. En sy word by die minuut mooier. Dit is soos wanneer jy na 'n film kyk, en die heldin is mooi aan die begin, maar deur die loop van die film word sy net mooier en mooier.

Toe die tweede koppie cappuccino kom, vra sy ewe nonchalant: "Hoe kry ons die advertensiebord voor my kantoorvenster weg?" Voordat Jaco kan antwoord, gaan sy voort: "Vir jou sal dit seker werk as ek toestem dat julle Silky se besigheid kry sodra die bord afkom."

"So iets."

"Dis reg. Haal die bord af en julle kry Silky."

Jaco is verstom. So maklik! "Nou goed, ek sal die kontrakte..." Maar voor hy kon klaar praat, leun sy oor die tafel en plaas haar wysvinger op sy mond. Jaco is verbaas oor die fisieke aanraking.

"Ons verstaan mekaar mos: Die bord kom af en jy kry Silky se besigheid. Nie nodig vir papierwerk nie, Jaco." Sy glimlag weer.

Jaco is gehipnotiseer. "Deal," sê hy.

"Ek sal moet hardloop." Sy staan skielik op. "Maar dit was baie, baie lekker om met jou te gesels," sê sy en steek haar hand na Jaco uit.

Hy kry nie kans om op te staan nie en toe hy sy hand uitsteek, buig sy vinnig vooroor en soen hom op die wang. Terwyl sy wegstap, kyk hy haar lank agterna.

Op pad terug kantoor toe kry hy 'n sms sonder 'n nommer by. "Het vanmiddag baie geniet. Helen." Hy wonder waar sy sy selfoonnommer gekry het.

Jaco kry Helen Roos nie uit sy kop nie. Die hele dag dink hy aan haar. Haar mond, haar oë, haar glimlag… Hy betrap homself dat hy dromerig by sy kantoorvenster sit en uitkyk. Hy wil weer met haar kontak maak, maar dit is te gou. Glimlaggend vat hy aan sy wang waar sy hom gesoen het. Die foon se gelui ruk hom terug na die werklikheid.

"Hallo," antwoord Jaco.

"Wat klink dit so asof jy ver is?" Dit is Ansua.

"Nee, my liefie, ek is maar hier by die werk," antwoord Jaco skuldig.

"Jammer om te pla, maar ek wil net hoor van die Desembervakansie. Ek stuur vir jou *specials* wat ek op die internet gekry het. Dit is vir die Maldives. Dit lyk absoluut fantasties. Kyk 'n bietjie daarna, dan praat ons vanaand."

"Oukei, ek sal," antwoord Jaco sonder opgewondenheid. Hy het Ansua nog nie vertel van sy gesprek met Diepraam oor die verval van sy kontrak nie.

"Sien jou vanaand dan. *Bye*."

"*Bye*." Jaco sit regop. Hy moet nou begin fokus. Hy gaan nie hierdie kans deur sy vingers laat glip nie. Hy tel die telefoon op en skakel.

"Cynthia, Jaco speaking." Cynthia is Jade se bemarkingsbestuurder. Sy was in haar jong dae 'n *skirt*, maar sy is nou maar net erg middeljarig.

"Hey, Jaco, nice to hear from you. What's up?" kom haar rookbeskadigde stem oor die lyn.

"Cynthia, that billboard next to Silky's office ... you know which one?"

"Of course, Jaco. It is our pissing in the eye of the mighty Silky," sê Cynthia.

"Ja, we have a slight problem there." Jaco probeer nonchalant klink. "The owner has sold the property. The new owner wants to expand and the billboard is in the way."

"But doesn't your contract cover you in these circumstances, Jaco? Surely a new owner can't just tell you to take down a billboard? Your contract would mean nothing then."

Cynthia is 'n ou hand en Jaco besef hy gaan haar nie so maklik om die bos lei nie.

"No, Cynthia, our contract does protect us, but if the owner plans to spend millions on development, we cannot allow a billboard to stand in his way. Surely you understand that." Jaco bly 'n rukkie stil. Dan voeg hy by: "And he gave us another property on the highway and of course you would have first option on that." Dit behoort die saak te beklink.

"Okay, Jaco, I will talk to Dave." Dave Roberts is haar besturende direkteur.

'n Paar dae later bel Cynthia terug en bevestig dat dit in orde is. Jaco is nou opgewonde. Hy bel Helen Roos se kantoor.

"Helen Roos please," vra Jaco die Engelse ontvangsdame.

"I am sorry, Sir, she is out of the office. Can I take a message please?"

Verdomp! Dit het hy nie nou nodig nie. "No, Ma'am. It is important that I speak to her today. It is in connection with the multimillion rand proposal that she has made to us and I need to warn her about certain developments that will impact heavily on her position," rammel hy die blitsleuen af.

"Just a second, Sir," antwoord sy gretig. "She is at this number."

Jaco skryf die nommer af. Hy kyk daarna en voel om die een of ander rede skrikkerig om te bel. Hy besluit om 'n sms te stuur. "Kan ons vir koffie ontmoet, ek het goeie nuus. Jaco." Na 'n rukkie kom die antwoord terug. "Eks in die buiteland ek bel later."

Hy is in sy skik met die vinnige antwoord, maar tog teleurgesteld dat hy haar nie nou kan sien nie.

Drie dae later kry hy 'n sms. "Koffie by ons gewone plek 3-uur."

Hy stort sommer gedurende etenstyd in die werk se badkamer en trek 'n skoon hemp aan wat hy vir noodgevalle aanhou. Hy kyk na homself in die spieël en glimlag. Hy besef hy voel soos 'n skoolseun wat 'n meisie die eerste keer uitneem.

Toe hy by die koffiewinkel instap, sit sy al vir hom en wag. Hulle glimlag vir mekaar en hy buk af en soen haar op haar wang.

"En hoe gaan dit vandag met my prinses?" Hy borrel van selfvertroue.

"Dit sal afhang wat die goeie nuus van my ridder af is," sê sy glimlaggend.

Daardie glimlag is soos 'n hou op sy maag. En dan tref die besef hom: Hy is verlief op haar. Dit voel of tyd gaan stilstaan.

"Of het hy intussen van sy perd afgeval?" Sy glimlag weer en Jaco ry behoorlik op 'n wolk. Sy vat haar hand weg.

"Die bord voor jou kantoorvenster kom af," kry hy dit moeisaam uit. Sy tong is so lam asof 'n tandarts hom ingespuit het.

Sy sit vorentoe met haar hand onder haar ken terwyl sy haar elmboog op die tafel stut. "Jy is nie ernstig nie." Haar stem spin soos 'n kat en sy draai haar gesig effens skuins.

"Ek is." Jaco probeer glimlag, maar dit lyk eerder of hy grinnik.

"Wanneer?"

"Vrydag."

"Jaco!" Haar stem is ekstaties en sy val terug in haar stoel. "Jy is 'n absolute skat," en sy blaas 'n soen na hom. Nou voel Jaco weer of hy vlieg. Sy maak haar oë groot en wikkel haar skouers vorentoe en agtertoe van lekker kry. "Jaco, jy sal nie besef hoe bly ek is nie." Haar hand gaan lê weer op sy arm en sy vat dit stewig vas. "Kom sien my dan Dinsdag volgende week met jou lys advertensieborde dat ons kan sien wat julle orals het."

"Is jy seker van wat jy doen, Jaco?" vra James Diepraam toe Jaco hom meedeel dat die bord by Silky se kantoor afgehaal gaan word in ruil vir hulle besigheid. "En het jy al 'n kontrak?"

"So te sê. Ek sien hulle Dinsdag," antwoord Jaco selfversekerd.

Dinsdagoggend kom Shirley by sy kantoor in.

"Mister Malan, a May Armstrong phoned and said that Helen Roos asked that the meeting she has with you be postponed. Apparently Miss Roos has a crisis she needs to attend to."

Jaco is teleurgesteld. "Was a new one scheduled?"

"No, Sir, she said Miss Roos will phone you personally to reschedule."

Daardie middag bars die eerste bom toe Jaco se telefoon lui.

"Jaco Malan, you slimy bloody bastard!" Dit is Cynthia. "You sold us out, didn't you! I can't believe it. You made a deal with Silky to take down our billboard. You bastard! You will regret this!"

Die foon gaan dood sonder dat Jaco 'n kans kry om iets te sê. Hy kyk vir 'n rukkie na die gehoorstuk in sy hand en sit dit dan stadig neer. Hier is moeilikheid, groot moeilikheid. Waar sou Cynthia dit gehoor het? Natuurlik! By Monica. Die twee kan mekaar nie verdra nie en toe Monica hoor die bord kom af, kon sy seker nie wag om dit onder Cynthia se neus te vryf nie.

Hy bel Helen Roos, maar sy antwoord nie. "Helen, bel my dringend, asseblief. Dit is Jaco," los hy 'n boodskap.

Maar sy bel nie terug nie.

Die volgende oggend wag Diepraam vir hom voor sy kantoordeur.

"Jaco, ons moet praat," sê hy terwyl Jaco sy kantoor oopsluit. "Dave Roberts het my vanoggend gebel oor Jade se bord. Hy is woedend. Hulle het dit blykbaar by Monica gehoor. Ons lyk nou soos gekke, Jaco. Ek hoop jy het gister met Silky gefinaliseer."

Jaco loop stadig om en gaan sit by sy lessenaar. Hy sit sy hande oor sy gesig. "Sy het die vergadering uitgestel, James," sug hy.

"Tot wanneer?"

"Daar is nog nie 'n nuwe datum nie. Daar was gister 'n krisis by Silky en ons kon nie ontmoet nie."

"Jaco, Jade gaan hulle besigheid by ons wegvat. Jy weet wat dit beteken. As jy nie met Silky 'n kontrak sluit nie …" Diepraam skud net sy kop, draai op sy hakke om en stap by die kantoor uit.

Jaco bel weer na Silky se kantoor, maar steeds kan hy nie met Helen praat nie. Hy probeer weer die selfoon, maar dit word net doodgedruk. Hy stuur weer 'n sms.

Die hele dag en die res van die week ontwyk Helen Roos hom. Die formele kansellasie van die kontrak vir Jade-sjampoe het gekom en Diepraam is woedend.

Teen die volgende Maandag is Jaco desperaat. Hy klim in sy Mercedes en ry na Silky se kantoor toe. Hy het al sy sjarme nodig om by die ontvangsdame verby te kom. Naby Helen Roos se kantoor loop hy hom in haar jong sekretaresse vas.

"And you are?" vra sy.

"Jaco Malan. I have to speak to Miss Roos urgently." Hy probeer desperaat lyk.

Die sekretaresse raadpleeg 'n dagboek. "She does not have an appointment with you," en sy pruil haar mond.

"Yes, I know, but I need to speak to her urgently," probeer Jaco weer.

"About what?" wil sy weet.

Jaco kyk haar 'n oomblik aan. Jy sal nie eers naastenby verstaan as ek vir jou verduidelik nie, dink hy. "Is she in?" vra hy.

"She is not in her office."

"Then I'll wait for her." Jaco plak hom op 'n stoel neer.

"Mister ... er ... what is your name again?"

"Malan." Jaco is ongeduldig.

"Mister Malan, you cannot see Miss Roos if you do not have an appointment with her." Sy loer oor haar bril na Jaco.

Jaco vlieg op, vererg. "I had an appointment with her." Hy slaan met sy vuis op die lessenaar. Die sekretaresse skrik terug in haar stoel. "She cancelled it and now she refuses to return my calls!" Teen hierdie tyd skreeu Jaco al. Hy hoor dit word stil in die oopplankantoor.

Die sekretaresse druk haar bril terug op haar neus. "Okay, relax, relax. I'll see what I can do." Sy staan op.

Jaco gaan sit weer. Na 'n rukkie hoor hy stemme en die sekretaresse en Helen Roos verskyn om die hoek. Jaco kyk na haar. Sy is woedend.

"In my kantoor," beduie sy vir Jaco. Haar stem is soos ys.

Jaco staan op en stap in haar kantoor in. Sy gaan sit agter haar lessenaar en vou haar arms.

"Wat de hel dink jy doen jy om ongevraag by my kantoor op te daag en op my personeel te skree? Wie dink jy is jy?" Haar oë skiet bliksems.

"Helen, vertel my wat aangaan? Hoekom bel jy my nie terug nie? Ek het hoeveel boodskappe vir jou gelos. Jy bel my net nie terug nie. Ons moet die kontrak finaliseer. Ons ... ek..." Jaco raak onseker. "Ons moet die kontrak sluit." Hy kyk haar smekend aan.

"Hoekom?" wil sy weet.

"Hoekom? Wat vra jy nou, Helen? Hoekom?" Jaco is uit die veld geslaan. "Ons het so ooreengekom. Ek en jy. Ons haal die bord af en ons kry besigheid van Silky. Dit is soos ek en jy ooreengekom het."

Sy sit haar hande, palms na onder, op die lessenaar en leun effens vorentoe. "Jaco, jy is naïef as jy dink jy kan so 'n transaksie met Silky doen. Ons is die grootste sjampoemaatskappy op die kontinent. En jy, as 'n agentjie van 'n derderangse advertensiebordmaatskappy, dink jy kan ons kom afdreig in 'n transaksie vir ons gesogte besigheid? Julle het die *cheek* gehad om die bord hier op te plak in julle kleindorpse hebsug. Julle doel was nog altyd om ons in 'n transaksie in te dwing. Dink weer, Jaco Malan. Jy werk hier met 'n internasionale maatskappy met 'n beeld om te behou. Ons kan nie bekostig om met elkeen wat probeer om ons af te dreig 'n transaksie te doen nie. Ons sal soos morone lyk. Jy besef dit darem seker, Jaco Malan?"

Die glimlag is weg. Die oë is koud. Die liggaamshouding is arrogant. Hierdie vrou is nie sy Helen nie. Dis nie die vrou wat hy ontmoet het nie. Dit is nie sy prinses hierdie nie. Waarheen het sy gegaan?

Jaco kyk haar aan. "Wat het geword van my prinses? Wat my op die wang soen, wat haar hand op my arm sit, wat vir my soentjies blaas? Wat daarvan, Helen? Wat was dit? Vertel my, asseblief." Sy stem is vol intensiteit.

"Jaco, Jaco ..." Sy glimlag. Dis nie die glimlag wat hy ken nie, maar die gesig is dieselfde. "Ek is 'n professionele bemarker. Jy ook. Jy ken die truuks. Ek ken hulle ook. Die enigste verskil is dat jy iemand teëgekom het wat meer professioneel as jy is, Jaco. Ek is nie een van die flossies aan wie jy advertensiebordspasie verkoop nie. Ek bemark 'n produk in verskillende lande. Ek is net doodgewoon in 'n klas wat jy nog nie ken nie." Sy staan op. "Al die gebare, Jaco, is professionele bemarking, sjarme ... noem dit wat jy wil, maar dit is alles deel van die spel. En nou moet ek gaan."

Sy stap deur toe. Jaco kom orent. Hy moet aan die stoel gryp om sy ewewig te behou. Sy is al by die deur.

"Helen ..." Sy stem is skor. Sy draai om en kyk na hom. "Ek is verlief op jou."

Sy staar hom vir 'n oomblik aan. En toe gooi sy haar kop agteroor en die lag wat uit haar keel kom, krys deur die lug. So skril dat Jaco sy ore wil toedruk.

"Dit is geweldig pateties," en sy lag weer terwyl sy die deur agter haar toetrek.

"Jaco ..." Diepraam maak keel skoon. Hulle sit in sy kantoor. "Dit lyk vir my na die einde van die pad. Ek gaan nie jou kontrak hernu nie. Die man wat by jou oorneem, is Vuyo Dumisani en hy sal Maandag hier begin. Jou verlofgeld sal inbetaal word." Hy staan op en steek sy hand na Jaco uit. "Sterkte, ou maat."

Jaco staan op, draai om en stap by die kantoor uit.

Die Baron & Grill, 23:00

"Daar is nog die misdaad ook," voeg Gys by. Die Baron & Grill word geleidelik stiller omdat die jongeres die nagklubs begin opsoek. "Ek het nou die dag 'n TV-program gesien oor die argitektuur van vrees. Hulle het gewys hoe ons woonbuurte twintig jaar terug gelyk het en hoe daai selfde woonbuurte vandag lyk. Dit is skrikwekkend. Ons het onsself in tronke toegesluit. Wie van julle gaan nog in die aande uit? Wie van julle sou hier sit as julle nie julle vrouens en kinders in hulle tronke kon toesluit nie?"

"Gys, die misdaad-ding is 'n wit ding. Misdaad is deur die veiligheidswetgewing vir die wittes bestuur. Jy kon mense opsluit sonder verhoor. Daar was die aandklokreël. Misdaad in die townships was nog altyd daar. Noudat ons dit aan ons eie basse voel, nou huil ons. Ja, die oplossing is dan om in tronke te bly, maar misdaad is nie nuut nie."

"Daar is baie mense wat trek oor die misdaad-ding. Nie net oor die misdaad nie, maar oor die polisie nie die misdaad kan keer nie. Jy voel magteloos. Jy betaal belasting en die staat kan jou nie beskerm nie," is Johan weer aan die woord.

"Ja, en dan hou hulle hulle besig met nietighede. Ek hoor nou die dag dat 'n hele polisiekantoor tot stilstand geruk is toe een van die skoonmakers se *lunch* gesteel is en die bevelvoerder die hele aanklagkantoor laat afseël het om die *lunch* te soek," lag Martinus.

"Dit is nie so sleg vir my nie. Ten minste sorg hy dat sy aanklagkantoor eerlik bedryf word," laat Theuns van hom hoor.

"Ja, maar nie ten koste van die gewapende roof wat aan die gang was by 'n winkelsentrum daar naby en hulle nie betyds daar kon kom nie, omdat die sleutels van die voertuie in die afgeseëlde kantoor was."

'n Gelag bars los.

"Mense trek omdat hulle skaam is vir die plek. 'n Storie soos hierdie bevestig dit." Bert suig aan 'n sigaret.

"Skaam! Wat se twak praat jy nou?"Stefan lyk onkant gevang

"Ons is skaam oor apartheid."

"Ag nee! Hoe lank moet ons om verskoning vra vir apartheid? Apartheid is dood en verby. Ons moet almal aangaan met ons lewens. Apartheid en die wittes kan nie aanhou om die blaam vir alles te dra nie. Moet ons nou almal se voete eers gaan was voordat die land kan aangaan? Nee wat, dis snert." Theuns kou aan 'n grondboontjie.

"Nee, ek sê nie ons moet voete was nie. Voete was is vir die ouens wat skuldig is en vergiffenis soek. Ons soek nie vergiffenis nie."

"En ons is belieg. Ons het nie geweet dit was verkeerd nie. Hoe kan ons nou daarvoor om verskoning of vergiffenis vra? 'Ek gaan nie langer jammer sê nie,'" eindig Martinus met die populêre deuntjie.

"Die kerk het nog ook saamgelieg. Ons het nie 'n kans gestaan nie. Die kerk, die skool, die huis het apartheid opgehemel as goed en nog boonop God se wil," voeg Gys by.

"Ja, 'Boetman is die moer in,'" beaam Johan.

"Ja, en dit is die fout. Ons is die moer in. Ons is die moer in oor ons belieg is. Ons is die moer in oor die swartes apartheid weer en weer ophaal. Ons is die moer in omdat die standaarde verlaag. Ons is die moer in omdat dit eintlik goed gaan. Dit is alles reaksies op ons skaamte. Voete was en die moer in wees gaan nie jou skaamte wegvat nie, dit versterk dit net."

"Maar waaroor moet ons skaam wees?"

"Ons hoef nie skaam te wees nie. Ons ís skaam. Ons is skaam omdat ons die storie geglo het. Ons is skaam dat ons meegedoen het aan apartheid. Ons is skaam dat ons bevoordeel is deur apartheid. Ons is skaam dat ons gebid het vir apartheid. Ons is skaam dat ons geval het vir 'n leuen terwyl die feit dat apartheid verkeerd was, 'n baie eenvoudige waarheid was. Dit is nie 'n komplekse probleem nie. Dit is doodlogies. Dit is waaroor ons skaam is."

"Oukei, oukei. Ek is nou skaam. En wat nou?"

"Jy moet begin om jou skaamte te oorkom."

"Iemand wat skaam is, tree verskonend op. Ons is terug by daai punt. Moet ons om verskoning begin vra omdat ons skaam is?"

"Verskoning is 'n reaksie op skaam wees. Net so is die moer in wees 'n reaksie op skaam wees. Moenie reageer op jou skaamte nie. Begin om dit te vernietig."

"Vernietig my skaamte? Jy begin nou gorrel hier, Bert. Ek kan nie net 'n skakelaar aansit en sê ek is nie nou meer skaam nie," sê Theuns terwyl hy die laaste grondboontjies uit die bakkie haal.

"Jy begin dit te vernietig deur alles van apartheid wat nog in jou is af te was."

"Ons is al weer op die wasstorie."

"Jy moet jou kop was. Die leuen van apartheid sit nog in ons koppe. Kry die vooroordele van apartheid uit jou kop uit. Alles waaroor ons hier gepraat het vanaand wemel van apartheidsvooroordele. As jy daardie vooroordele uit jou kop kry, is daar minder rede om skaam te wees. Begin dan optree soos iemand wat nie vooroordele het nie en jou skaamte sal verdwyn," Jaco stoot sy stoel agteruit.

"En as jy dit nie regkry nie?"

"Dan trek jy," sê Jaco, sit sy leë glas op die tafel neer en stap uit.

◎ ◎ ◎

Jaco kyk na sy rye regsboeke. Hoekom hy die goed nog al die jare gehou het, weet hy nie. Law and ethics *moet hy dalk maar saamvat. Hy haal 'n boek uit en lees:*

"For most of South Africa's constitutional history, the country has been ruled by the principle that the lawmaker has the final say. What then makes this new constitutional dispensation so important?... In Ex Parte Attorney General 1995(8) BCLR 1070Nms the court made the following observation at 1078H: "In a constitutional state the government is constrained by the Constitution and shall govern only according to its terms ... It means ... a government of law, not of men."

◎ ◎ ◎

Skuldig

Dag 1

Jaco se selfoon lui.

"Malan," antwoord hy.

"Jy ken my nie, maar ek weet van jou. Jy het my pa eenkeer gehelp. Ek bel om te sê dat die Skerpioene om die punt is om op jou besigheid toe te slaan." Die selfoon gaan dood.

Jaco bly versteen sit. Die Skerpioene! Hoe kom hulle by hom uit? Hy het niks gedoen nie. Miskien het die ou hom verwar met iemand anders. Hy kyk op sy foon, maar die nommer is "onbekend". Dan tref dit hom. Die advertensieborde. Dié waarvoor hy nie toestemming het nie. Maar hoe gebeur dit? Dit is tog nie hulle werk om op advertensieborde te jag nie. Hulle moet gekompliseerde bedrog en dwelmnetwerke oopkrap. Hy spring op en begin op en af in sy kantoor loop. Hy haal sy selfoon uit.

"Meneer Malan, goed om van jou te hoor," kom dit van sy prokureur oor die foon.

"Ons moet praat. Dringend."

"Hoe dringend?" wil die prokureur weet.

"Soos in fokken dringend."

"Ek is oor 'n uur by jou."

Jaco gaan sit weer. Hierdie ondersoek gaan die besigheid ruïneer. Maar hulle het nie 'n saak nie, dink hy. Hy sal die hofsaak maklik wen. Al wen hy egter 'n saak teen die Skerpioene, gaan geen kliënt ooit weer 'n advertensiebord by hom koop nie. Media Select, die maatskappy wat hy tien jaar gelede uit desperaatheid begin het, sal ten gronde gaan. Hy staan weer op. Miskien moet hy vlug. Hy gaan sit weer.

Vlug waarheen en met wat? Nee, fok hulle. Minute later hoor Jaco skreeuende bande voor sy kantoor. Hulle is al hier! Hy staan op en stap na die ontvangsarea. 'n Skraal man, vergesel van twee gewapende gorillas met masjiengewere, stap op die voordeur af. Vier swart voertuie met blou ligte op die dak staan die hele straat vol. Jaco maak die deur oop.

"Stap sommer deur na my kantoor toe," beduie Jaco. Die skraal man verstyf effens.

"Is u Jaco Malan? Ek het 'n hofbevel..."

"Ek weet." Jaco praat met stywe lippe. "En ek sê – stap deur na my kantoor toe," sis Jaco terwyl hy omdraai en na sy kantoor stap. Hy wag dat die skraal man in sy kantoor is. "Sit," gebied hy. Die man bly staan.

"Ek het 'n hofbevel wat al die bates van u maatskappy, Media Select, bevries. U mag geensins van u bates vervreem nie en ons vries u bankrekenings en neem besit van u rekenaars en dokumente." Hy hou 'n papier na Jaco toe uit. Jaco lees dit vinnig deur.

"Hoe kry jy 'n hofbevel teen my sonder dat ek daarvan weet?"

"Dit is die gebruik wanneer ons met georganiseerde misdaad werk. Die wet maak voorsiening daarvoor. U kan oor vyf dae hof toe gaan en verduidelik hoekom die bevel nie finaal moet wees nie."

"Georganiseerde misdaad? Hoe kom julle daarby uit?"

"U organiseer om advertensieborde onwettig op te sit en maak miljoene daarmee. Dit is georganiseerde misdaad."

"As hulle toevallig opgaan, sal dit dan nie georganiseerde misdaad wees nie?" probeer Jaco sarkasties wees. Skraal man knip nie 'n oog nie. "Wie het gekla daaroor? Wie bedrieg ek deur dit te doen? Wie lei skade?"

"Ons bronne is vertroulik, maar ons het 'n klagte ontvang. Ons het dit ondersoek en die hofbevel gekry."

"Hoekom het julle my nie kennis gegee nie?" wil Jaco weer weet.

"Meneer Malan, skelms soos u raak gewoonlik van hulle bates ontslae as hulle hoor ons ondersoek hulle. Dit is voorsorg om te keer dat skelms dit doen."

Jaco vlieg op en gryp die lapelle van die man se baadjie met albei hande vas.

"Ek moer vir jou. Ek is nie 'n skelm nie. En dink jy ek kan 'n advertensiebord in die toilet afspoel soos 'n dwelm of dit in 'n pakhuis wegsteek? Die goed staan langs die paaie vir almal om te sien," skreeu Jaco en stoot die man weg van hom. "Trap hier uit voor ek beheer verloor," probeer Jaco nog 'n laaste slag, maar sy bene is bewerig en hy gaan sit by sy lessenaar. Die skraal man loop uit. 'n Uur later sit Jaco en sy prokureur by advokaat Koos Roux.

"Koos, maar dit is lagwekkend! Elke liewe advertensiebordmaatskappy het borde op sonder die toestemming van óf die stadsraad, óf provinsiale paaie, óf nasionale paaie. Hoekom word ons nou hier uitgesonder?"

"Jaco, jy is die enigste van hierdie maatskappye wat erken dat jy nie die toestemming van die owerheid het nie," antwoord Koos hom.

Dus is my oortreding dat ek eerlik is?" kom dit van Jaco.

Koos lag effens. "Nee, die oortreding is dat jy borde oprig sonder die toestemming van owerheidskant af," antwoord hy saaklik.

"Maar almal doen dit," kom die antwoord.

"Jaco, as jy gevang word in 'n spoedlokval, kan jy mos nie sê almal oortree die spoedgrens en daarom kan hulle jou nie vang nie?" Koos kyk hom glimlaggend aan.

"In spoedlokvalle is die vang van oortreders arbitrêr. Hulle vang nie almal nie, maar hulle vang die meeste mense wat op daardie punt te vinnig ry. Hulle staan nie daar en wag vir een spesifieke ou nie. Dit is viktimisering. As jy daarby voeg dat hulle sê dat dit georganiseerde misdaad is, dan is dit lagwekkend," en Jaco gooi weer sy hande in die lug.

"Jaco, kom ons begin by die begin. Hoe het jy in hierdie besigheid beland?"

"Ek kom van die platteland af. Ek was 'n prokureur, maar ek het by Diepraam Outdoor werk gekry en my praktyk gesluit. Weens SEB het ek my werk by Diepraam verloor en toe het ek Media Select op my eie begin."

"Die hofstukke sê dat jy advertensieborde oprig sonder die toestemming van die owerheid. Is dit korrek?" Koos praat nou in sy saaklike stemtoon.

"Ja, maar ..." begin Jaco, maar Koos hou sy hand in die lug op en skud sy kop. "Ja of nee, Jaco?"

"Ja."

"Verdien jy geld uit hierdie advertensieborde?" gaan Koos verder en voeg dan dadelik by: "Ja of nee."

"Ja."

"Jy stem saam dat die wet sê jy mag nie advertensieborde oprig sonder die toestemming van die owerheid nie? Ja of nee."

"Ja."

"Jy stem saam dat die oprig van die borde dus onwettig is?"

"Ja, maar ..."

"Ja of nee?" Koos hou sy stem nou streng.

"Ja."

"Dan leef jy mos van die opbrengs van misdaad, Jaco."

Hulle kyk mekaar oor die lessenaar aan.

"Aan wie sy kant is jy?"

"Jaco, ek is aan jou kant. Maar ek kan jou nie vertel dat jy 'n saak het as jy nie een het nie."

"Jy vra die verkeerde vrae." Jaco is beskuldigend.

Koos kreun. "Soos wat?" Hy ken hierdie patologie. Niemand hou van lastige vrae nie. Daar bestaan 'n persepsie by party mense dat daar wel regte en verkeerde vrae is.

"Jy vra my nie hoekom ek die borde sonder toestemming oprig nie." Jaco begin uitdagend lyk.

"Dit het niks met die prys van eiers te doen nie. Die feit bly dát jy dit oprig, en sonder die nodige toestemming oprig." Koos begin geïrriteerd raak.

"Koos, hoekom sal ek borde sonder toestemming oprig? Hoekom gaan kry ek nie daardie toestemming nie?"

Dag 2

"Meneer Roux," val die regter Koos tydens die hofsaak in die rede. "Ek hoor jou argument, maar is dit nie 'n baie eenvoudige saak nie? Jou kliënt het sonder die nodige toestemming advertensieborde opgerig. Hy verdien geld daarmee. Dit is onwettig." Die regter sit terug in sy stoel.

Koos ontspan. Die regter het duidelik nog nie die hofstukke gelees nie. En as dit sy standpunt is sonder dat hy die hofstukke gelees het, het Koos nou die geleentheid om hom te oortuig dat hierdie kwessie nie so eenvoudig is nie.

"Ek wil graag net die volgende aan u voorhou. Dit is my ervaring – en ek is seker ook hierdie agbare hof s'n – dat mense nooit in 'n vakuum optree nie."

"Wat bedoel u, meneer Roux?" Die regter lyk 'n bietjie verveeld.

"Wat ek aan u wil voorhou, is dat die verweerder nie net, soos in Engels gesê word, die borde *willy nilly* opgesit het nie. Daar het 'n reeks gebeurtenisse afgespeel wat die verweerder beweeg het om op te tree soos hy opgetree het."

"Gaan voort, meneer Roux." Die regter knik, hoewel hy maak of hy nie oortuig lyk nie.

Dag 3

"Waar was jy so laat gisteraand?" vra Ansua hom toe hy by die kombuistafel kom sit en sy koppie koffie optel. Jaco knyp sy neus tussen sy vingers vas. "Was jy weer by die Baron saam met jou mannegroepie?"

Jaco sug. "Ons moet praat, Ansua." Sy kyk hom vraend aan. Sy staan op en draai haar japon stywer om haar lyf.

"Het jy 'n *affair*?"

Jaco lag half. "Nee, Ansua, ek het nie 'n *affair* nie. Dit is veel erger as 'n *affair*," en hy dra die gebeure van die vorige dag aan haar oor. Haar oë word groter terwyl hy praat. Sy gaan sit later weer. Sy is stomgeslaan. Jaco voel beter. Hierdie las kan hy nie alleen dra nie. "Nou ja, gee vir my nog 'n koppie van daardie opbrengs van misdaad. Ons moet dit maar gebruik terwyl ons kan." Maar hy sien Ansua dink nie dis snaaks nie.

"Maar Jaco, ons het nog nooit geld van die besigheid gekry behalwe jou salaris nie. Hulle kan mos nie ons goed by die huis kom vat nie?"

"Ansua, opbrengs van misdaad is opbrengs van misdaad. Wat is die verskil tussen salaris en ander inkomste? Die advertensieborde is al wat geld inbring in die besigheid. Daarmee bou ons nog borde en betaal salarisse. Daardie salaris is die 'fruit of the poisonous tree,' soos die Yanks sal sê."

"En dit wat ons met jou salaris doen, is dit nou ook onwettig?"

"Dit lyk so."

"Jaco," sy kyk na hom. "Gaan ons alles verloor?" Die trane begin oor haar wange loop. Jaco sit sy hand teen haar wang en vee die trane af.

"Nie as ek dit kan help nie. Hierdie ding is ver van klaar af."

"Media Select het veertig aansoeke om toestemming by die paaiedepartement gedoen," en Jaco skuif drie boogkniplêers na Koos Roux. "Hierdie aansoeke is almal voor die voet afgekeur. Jy sal die redes vir die afkeuring ook in die lêers kry."

"Jaco, maar dit is 'n klomp papierwerk wat jy gedoen het," antwoord Koos hom terwyl hy deur die dokumente blaai. "Hoekom is dit afgekeur?"

"Die redes was dat die advertensieborde te naby aan 'n padverkeersteken is. Dit moet verder as tweehonderd meter wees."

Koos kyk op. "Was jou borde nader as tweehonderd meter?"

"Ja."

"Nou wat is jou punt dan?"

Jaco haal nog 'n lêer uit. "Kyk na die foto's. Dit is foto's van advertensieborde wat aan Diepraam Outdoor behoort."

"Wat hiervan?"

"Jy sal sien op elkeen van die foto's is daar 'n padverkeersteken duidelik nader as tweehonderd meter aan die advertensieborde van Diepraam."

"Ek sien," sê Koos. "Maar daar is dalk redes hoekom hulle dit goedgekeur het." Jaco skud sy kop.

"Kyk hierna," en Jaco wys vir Koos vyf aansoeke wat Media Select gedoen het. "Jy sal sien dat hierdie vyf aansoeke van Media Select ooreenstem met die foto's van die Diepraam-borde. My vyf aansoeke vir borde op dieselfde plek is afgekeur. Diepraam kom agterna en syne word goedgekeur. Op presies dieselfde plekke en nader as tweehonderd meter van die padverkeersteken."

Jaco se selfoon lui. Dit is die kantoor.

"Meneer, ek dink jy moet kom. Hier is mense wat die rekenaars en die lêers wil vat."

Jaco tref redelike wanorde by die kantoor aan. Nadat hy almal gekalmeer het, gebied hy die skraal man en sy gesante na sy kantoor.

"Nou kyk hier, jou hofbevel sê jy vries my bates. Jou hofbevel sê nie jy kan al vat nie. Dus vat jy niks hier nie, verstaan jy my mooi."

"Meneer Malan, u verstaan nie die hofbevel reg nie. Meneer Lourens hier is aangestel as voorlopige kurator om beheer van al u bates oor te neem," sê die skraal man terwyl hy wys na 'n man links van hom wat vir Jaco na 'n boelterriër lyk.

"Ja, beheer van die bates, dit beteken nie wegvat van die bates nie. Beheer, verstaan jy wat beheer beteken?"

Die boelterriër kug. "Ons normale prosedure is dat ons al die rekenaars en papierwerk na ons kantore vat vir veilige bewaring asook om al die rekords na te gaan."

"Jou hofbevel laat jou dit nie toe nie. As jy die goed vat, kan ek nie my besigheid bedryf nie."

"Meneer Malan, jou besigheid is gevries, Jy kán dit nie verder bedryf nie. Ons moet nou beheer oorneem," kom dit van die skraal man.

"Dit gaan hier oor twintig borde. Ek het nog honderd borde wat nie sonder toestemming opgerig is nie. Jou hofbevel praat nie daarvan nie."

"Ons weet nie, meneer Malan. Dit is hoekom ons alles moet vat en kyk wat alles deel van die georganiseerde misdaad is. Dié wat nie is nie, sal ons later vir u teruggee." Die skraal man het 'n triomfantelike glimlag om sy mond.

"Volgens julle verdwaalde definisie van misdaad, ja. Hierdie besigheid kan nie stilstaan nie. Dis nie 'n motor of ding wat julle net kan vat en na 'n ruk teruggee nie. As dit vir een minuut in julle hande is, sal dit ten gronde gaan."

Die skraal man staan op. "Dit, meneer Malan, is iets waaraan jy moes gedink het voor jy met jou onwettighede begin het." Hy wink vir die ander en hulle stap by die kantoor uit. Jaco tel sy kantoortelefoon op. "Kry almal in die vergaderkamer, dadelik," blaf hy oor die foon. 'n Rukkie later sit hy met sy hele personeel. Hy ken hulle almal baie goed. Hulle persoonlike omstandighede, hulle kinders, hulle mans en vrouens wat hy oor die jare leer ken het. Die meeste van hulle sal sukkel om ander werk te kry. Jaco verduidelik so bedaard as moontlik wat aan die gang is. Toe hy klaar is, is die gevoel van verslaenheid tasbaar.

"Sal ons salarisse aan die einde van die maand kry, Meneer?" Dit is Rina, 'n enkelma met twee kinders.

"Rina, dit is op hierdie stadium nie in my hande nie." Jaco kan haar nie in die oë kyk nie. Woede begin weer in hom opwel. "Wees oor een ding seker," begin hy, maar die leegheid van die belofte wat hy wil maak, oorweldig hom. Hy sluk eers. "Wees verseker dat ons hierdie ding sal beveg met alles in ons vermoë." Die gesigte rondom hom bly onveranderd.

Dag 4

"Hier is 'n verslag, Koos. Dit is die verslag van die landmeter waar hy gaan opmeet het hoe ver elke bord wat deur die paaiedepartement goedgekeur is, van enige padverkeersteken is. Sy bevinding is dat daar nie 'n enkele bord is wat nie nader as tweehonderd meter van padverkeerstekens is nie."

Koos kyk na Jaco. "Wat sê jy, Jaco?"

"Kyk, Koos, al hierdie goed is nie vir my vreemd nie. Dit is soos ek die buitelugreklamebedryf leer ken het. Daar is reëls vir een groep ouens en dan is daar 'n stel reëls vir die res. Vandat ek met die besigheid begin het, het Diepraam borde opgehad. Honderde van hulle. Hy het geen toestemming gehad nie. Veral in die swart woongebiede. Jy weet hoe het dit daai tyd gewerk. Daar was 'n wit amptenaar in beheer en hy het sy gunste uitgedeel aan dié wat ook met hom gunste deel." Jaco is peinsend.

"Jy bedoel omkopery?" vra Koos.

"Omkopery, korrupsie, vakansies in Mauritius, rugbylosies. Jy kan dit noem wat jy wil. Dit is soos Diepraam Outdoor gegroei het. Jy moet onthou, die enigste ding waaroor die wette duidelik is, is dat jy nie 'n bord sonder toestemming mag oprig nie. Die res is so onduidelik dat enigiets goedgekeur of afgekeur kan word. Jy is in die hande van die amptenaar. Hou hy van jou, kan jy dalk goedkeuring kry. Hou hy nie van jou nie, kry jy niks goedgekeur nie."

"Het jy al ooit toestemming gekry?" wil Koos weet.

"Ja, ek het. Die oorgrote meerderheid van Media Select se borde het die nodige toestemming. Jy moet weet, amptenare kom en gaan. As daar 'n nuwe een is, dan doen ek vinnig aansoek voordat die amptenaar sy voete vind. Dan kry ek 'n klomp deur. Maar na 'n rukkie, veral as ek te veel kry, dan begin die afkeurings deurkom. Dan moet jy weet Diepraam het gaan praat. Ek dink elke keer wanneer 'n amptenaar vervang word, is dit 'n slag vir Diepraam, want hy het baie in die ou amptenaar 'belê'. Dan wag hy en kyk hoe die nuwe amptenaar is voor hy gaan praat. As ek te veel kere toestemming kry, dan word daar 'n stokkie voor gesteek."

"Het jy al met die amptenare gaan 'praat'?" Koos maak aanhalingstekens met sy vingers.

"Nee, my filosofie is doodeenvoudig. Amptenare is baie keer korrup. Dit is 'n wêreldwye fenomeen. Jy neem deel daaraan of nie. As jy in daardie praktyke betrokke wil raak, kan dit enige tyd in jou gesig ontplof. Dit is hoekom Diepraam so aggressief is. Hy het al soveel amptenare omgekoop dat sy besigheid feitlik net daaruit bestaan. Hy moet dit nou beskerm. Dus hou hy alle kompetisie uit. En dit is wat so erg is. Die amptenare word nie omgekoop om toestemming te gee nie. Hulle word omgekoop om ander ouens uit te hou. Die korrupsie gaan dus meer oor beskerming as wat dit gaan oor toestemming."

"Is jy al deur 'n amptenaar gevra vir omkoopgeld vir 'n toestemming?" wil Bennie nou weet.

"Ja, een keer. In die begin. Ek wou toe 'n saak maak, maar die advies was dat dit moeilik sou gaan. Ek het daardie tyd in elk geval nie geld gehad om 'n hofsaak te begin nie. Dit sou my bankrot gemaak het." Jaco sug.

"Het jy bewyse vir al hierdie stellings?" wil Koos weet.

Jaco skud sy kop. "Nee. Koos, ek is nie in die besigheid om op ander ouens te spioeneer nie. In elk geval moet jy weet hierdie privaat speurders is maar almal eienaardige ouens. Hulle spioeneer eers op jou en dan op die res, en jy weet nie of die inligting wat jy kry akkuraat is nie. Verder moet jy nie dink Diepraam is 'n pampoen nie."

Jaco sug. "Daar is baie wat ek jou nog moet vertel. Kyk, aanvanklik is advertensieborde op sekere paaie totaal verbied. Jy kon nie toestemming kry nie. Daar was nie eers 'n prosedure nie. Dit was 'n verbod en klaar. Jy weet, soos P.W. Botha se wysvinger. Maar daar wás borde langs daai paaie. Diepraam s'n. Toe gaan sien ek die ou by die paaiedepartement. En ek sê ek wil ook aansoek doen vir borde. Toe sê hy maar hulle kan glad nie eers aansoeke ontvang nie. Dit is verbode. Toe vra ek hom oor die Diepraam-borde. Hy raak toe baie vaag en sê hulle moet eers foto's neem en daarvoor moet hy 'n kamera by die depot gaan trek, maar daarvoor moet hy eers rekwisisievorms invul en dit moet deur sy baas goedgekeur word." Jaco hou op praat en hy staan skielik op. Sy oë lyk moeg en hy maak hulle toe.

"Is jy oukei?" vra Koos effens verskrik.

Jaco bars uit. "Hierdie ding maak my klaar! Ek het 'n besigheid opgebou met harde werk. Lang ure gewerk. Versigtig met geld gewerk. Die wins alles teruggeploeg in die besigheid. Nou moet ek hoor ek is deel van georganiseerde misdaad. Ek leef soos Al Capone van misdaad. Jirre, Koos, hulle het my dan nog nie eers aangekla van enige iets nie. Moet hulle dit nie eers doen nie? Bevind my eers skuldig aan 'n misdaad voor jy sê ek lewe daarvan!"

Dag 5

"Meneer Roux, ek volg jou argument. Dit is duidelik dat alles nie wel is by die paaiedepartement nie. Maar kom ons kom terug na die saak van die Skerpioene. Hulle beweer die borde is onwettig, ongeag wat jou kliënt se rede daarvoor is." Die regter sit nou met sy hand onder sy ken gestut.

Dag 6

Jaco lyk by die dag meer bedruk, is Koos se gevolgtrekking toe hulle vir die hoeveelste keer weer bymekaarkom om die feite van die saak agtermekaar te kry.

"Jaco, hoekom dink jy gebruik die Skerpioene hierdie prosedure teen jou?"

"Diepraam het my 'n hele ruk terug 'n aanbod vir my besigheid gedoen. 'n Goeie aanbod, moet ek sê. Ek het dit van die hand gewys."

"Hoekom, as dit 'n goeie aanbod was?" wil Koos weet.

Jaco sug. "Hy sou nie die mense wat vir my werk, ook oorneem nie. Ek sou hulle moes afdank. Ek het nie kans gesien daarvoor nie. En verder was ek nie lus om te verkoop nie."

"Vermoed jy dat Diepraam agter die Skerpioene se ondersoek sit?"

"Ja. Hoekom sal hy dit nie probeer nie? Die Skerpioene gaan hof toe met die belastingbetaler se geld. Dit kos hom dus niks. En onthou, Diepraam is *empowered*. Sy *empowerment*-vennoot, Peter Modiko, was 'n grootkop in die *struggle*. Om hierdie ding te orkestreer was dus maklik. Modiko en die baas van die Skerpioene is *struggle*-maatjies."

Koos maak 'n aantekening hiervan. Vir belastingbetalersgeld moet darem op 'n manier verantwoording gedoen word. "Maar hoekom sal hulle die saak aanvaar? Wat baat dit hulle?"

"Koos, julle regsouens is partykeer naïef." Jaco glimlag halfhartig. "Wat dink jy gaan gebeur as die Skerpioene die saak teen my wen?"

"Nee, hulle verkoop jou besigheid en die geld gaan na die Staat toe."

"Nou aan wie word dit verkoop?" wil Jaco halsstarrig weet.

"Ek weet nie. Dit word op 'n veiling verkoop."

"Jy dink nie Diepraam en sy *empowerment*-kollega gaan op

die veiling bie nie?" Jaco skud sy kop asof hy nie Koos se onkunde kan glo nie.

Koos sit skielik regop. "Sodra die Skerpioene die saak wen, maak Diepraam met ander woorde 'n aanbod aan hulle en hy neem jou hele besigheid oor. Die Skerpioene kry hulle geld en Diepraam het jou besigheid. Opgetel vir 'n appel en 'n ei." Hy skud sy kop in ongeloof. "Die vraag is: Hoe bewys ons dit?" vra hy, maar meer vir homself. "En ons het reeds vasgestel dat die Skerpioene se mense se bonusse bepaal word deur die hoeveelheid geld wat hulle uit sake invorder. Dus kan hulle nie verloor nie. Die belastingbetaler betaal die regskoste en hulle kry die bonus." Dit is Koos se beurt om sy kop in ongeloof te skud.

"Jaco, daar is een vraag waarmee ek nog probleme het. Die hof gaan my die volgende vraag vra: Kan die hof dit toelaat dat jy net borde oprig sonder toestemming, omdat die toestemmingsowerheid miskien korrup is? Ons het 'n beginsel en dit is die *rule of law*. Die Afrikaanse woord is afgelei uit die Duitse woord *rechtstaat*. Dit beteken net doodeenvoudig dat jy nie die reg in jou eie hande mag neem nie."

"Nou in wie se hande is die reg dan?" wil Jaco weet.

"Die reg is in die hande van die howe. Hulle bepaal wat jou regte is. Nie jy nie," gaan Koos voort.

"Nou, hierdie Grondwet van ons sê dan ons het sekere regte, onder andere vryheid van spraak. Moet die hof dan sê wat ek mag sê of kan ek self besluit wat ek mag sê, of moet ek elke keer hof toe hardloop as ek iets wil sê en by hulle hoor wat ek mag sê of nie?" Jaco begin geïrriteerd voorkom.

"Nee, maar as die hof sê jy mag dit nie sê nie dan mag jy dit nie sê nie." Koos hou nie van die wending wat die gesprek neem nie.

"Maar geen hof het nog gesê ek mag nie borde oprig nie," gaan Jaco voort.

Koos sien die gaping. "Nee, maar daar is 'n wet wat sê jy mag nie borde oprig nie, en deel van die reg is die wette wat geskryf is. As die wet sê jy mag nie borde oprig nie, dan mag jy nie. Dit is wat die *rule of law* beteken."

"Met ander woorde as die wet sê net wit mense mag stem, dan moet jy die wet gehoorsaam. Of as die wet sê jy kan mense vir moord ophang, dan moet ons hulle ophang. Of as die wet sê gee lyfstraf, dan slaan ons die kinders, want die wet sê so?" Jaco is onthuts. Koos kan die spanning op sy gesig sien. "En eers as die hof so sê, dan kan ons ophou om die kinders te slaan. Ten spyte daarvan dat die helfte van hulle sinneloos geslaan is teen daardie tyd?" Jaco het 'n desperate trek op sy gesig.

Dag 7

"Meneer Roux, die teenkant maak baie gewag van die feit dat jou kliënt, Media Select, se optrede anargie daarstel. Wat is jou houding daaromtrent?" kom die regter by die gedeelte wat Koos die meeste vrees.

"U Edele, ek wil graag die volgende aan u voorhou. Kom ons begin eers met wat die definisie van anargie is." Koos maak 'n Engelse woordeboek oop en begin lees. "A situation in a country, an organization, etcetera, in which there is no government, order or control." Hy klap die woordeboek toe. "Dit is dus duidelik dat anargie 'n situasie is wat geskep word deur owerheid. As die owerheid nie funksioneer nie, dan het 'n mens anargie. Daar is die Skerpioene se advokaat reg. Ons het hier te doen met anargie. Ons het eerstens 'n paaiedepartement wat korrup is en dan het ons die Skerpioene wat mag misbruik. Dít is die anargie. Nie die advertensieborde nie."

Koos kyk op daardie stadium om en sien dat Jaco Malan nie meer agter hom sit nie. Sy sitplek is leeg. Hy onthou vanoggend se gesprek met hom.

"Koos, ek kan nie meer nie. Ek voel soos 'n skelm. My kind weet nie eers hiervan nie. Die hele ding hang soos 'n swaard oor my kop. Kan ons hierdie hofsaak wen? Of moet ek aanvaar dat Diepraam my uitoorlê het? Dit is een ding om te kompeteer met 'n mededinger, maar dit is 'n ander ding as die staatsmasjinerie op jou losgelaat word en jy saam met georganiseerde misdaad en bendebedrywighede in dieselfde asem genoem word. Die spanning maak my mal! Ek kan nie weer alles verloor nie."

"Wat bedoel jy met 'weer alles verloor'?"

"Ek het nie my prokureurspraktyk destyds gesluit nie. Ek sou geskrap geword het en daarom het ek myself van die rol verwyder. Ek kon niks verkoop nie, ek is sonder 'n sent uit die platteland. Media Select is al wat ek het."

Toe Koos by die hof uitstap vir die etensuur, lui sy selfoon.

"Koos Roux," antwoord hy.

"Meneer Roux, dit is Mapetla Modiko, voorsitter van Diepraam Modiko Outdoor wat praat." Die stem het 'n sterk swart aksent, hoewel die taal foutloos is. Koos is skoon uit die veld geslaan. "Ek wil net die volgende vir u sê: Die Skerpioene sal as u nou teruggaan na ete, die hof meedeel dat hulle die saak teen Media Select terugtrek. Hulle sal egter nie die koste aanbied nie. Jy sal dit nie teenstaan nie en dit aanvaar en geen ander versoek aan die hof rig nie."

"Wie gee jou die reg om hierdie instruksie aan my te gee, meneer Peter Modiko? Jy is nie my kliënt nie en ek neem nie opdragte van jou af nie." Koos het sy asem terug en hy voel hoe hy warm onder die kraag begin word.

"Meneer Roux, kalmeer nou asseblief. Peter is my ander naam, maar ek verkies my *African* naam, Mapetla. Ek gee jou hierdie opdrag as die nuwe eienaar van Media Select en die ou wat jou rekening vir hierdie hofsaak moet betaal." Die stem bly kalm.

"Jy is wát? Hoe de hel het jy dit reggekry?"

"Meneer Roux, kom ons sê maar net dat ek en meneer Malan al 'n lang pad kom en ek hom nog altyd as 'n baie redelike en verstandige man beskou het. Hy het die punt daarvan ingesien dat Media Select deel van Diepraam Modiko Outdoor word. Tot siens, meneer Roux."

◎ ◎ ◎

Jaco haal sy .30-06 uit die kluis. Hy vryf oor die hout en kyk deur die teleskoop na buite en verbeel hom hy sien die gestalte van 'n koedoe deur die lens. Hy maak die slot oop. Daar is nie patrone in nie. Hy maak dit toe en druk die sneller. Die slaghamer klik saggies. Hy sit die geweer terug in die geweersak.

Hy klim in sy motor en ry na die polisiestasie toe waar hy gereël het om die geweer in te gee.

◎ ◎ ◎

Erkennings

Al die verhale in die boek is fiktief, hoewel sommige gebeure waarna die boek verwys, ooreenstemmende werklikhede het. Aan hierdie werklikhede en die regte mense daarin word hierdie boek dan ook opgedra.

Die landelike agtergrond is die Vrystaat, terwyl die stedelike agtergrond Johannesburg is.

Ek gee graag erkenning aan die landelike en stedelike gebiede waarin ek self beweeg het, asook die regte mense wat self in die ooreenstemmende werklikhede die gebeure moes deurmaak of bystanders was wat deur die gebeure beïnvloed is.

Die storie "Skuldig" is, hoewel ook fiktief, gebaseer op werklike gebeure wat ek ervaar het.

Laastens dankie aan Emma Bekker en Andries Samuel wat op kritieke momente belangrike insette gelewer het.